REC

BJ Alex

INHALT

E P I S O D E

01

B J A L E X

Nutwork TV
Hallo!
Ich bin BJ Alex.
Chat
CoolTaeG
Mingwa s
AlexL
Hallo
Nugg
Fuck,
Choco
Alex,
Alex♡
Ziehst
Alex_
Chestnuts schenken Gefällt mir Favorit Chestnuts kaufen Vollbild

Willkommen, willkommen. Vergesst nicht, mir einen Like dazulassen.
Danke für die 10 Chestnuts, »SexyAlex«.

Wisst ihr, was? Weil heute Freitag ist, machen wir einen 18+-Stream.
»Wissen wir schon, also zieh dich endlich aus«?!
Klatter
Wer streamt hier, du oder ich? Ha ha!
Was das Motto des Abends ist?
Dein heißer Freund im Hemd?
Gwit
Nope!

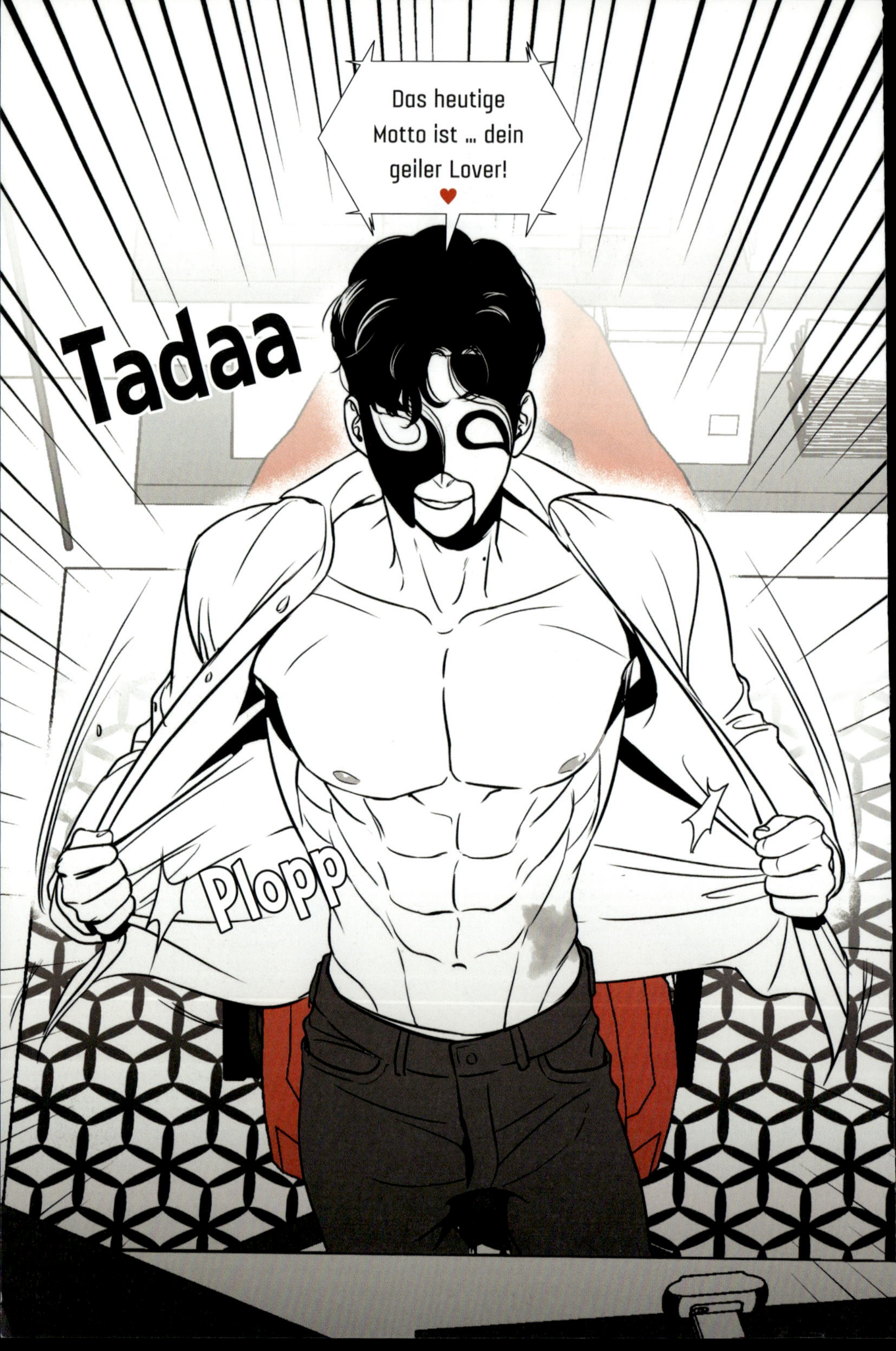
Das heutige Motto ist … dein geiler Lover!
Tadaa
Plopp

...!
Swt
Ihr seid auch schon ganz hart, oder?

Haltet schon mal die Taschentücher bereit. Und passt auf, dass niemand bei euch reinplatzt.
Schluck
Sst

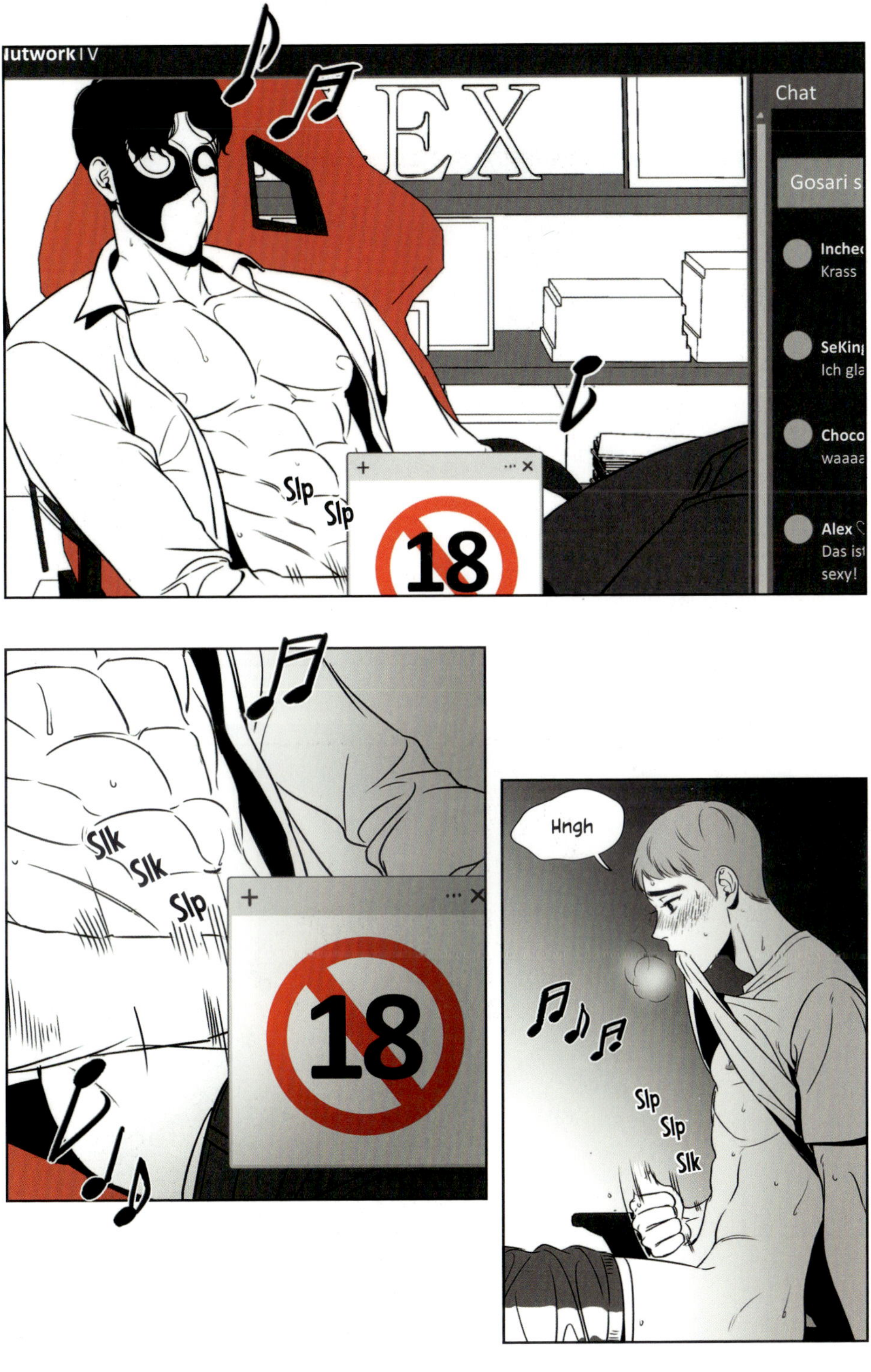
lutwork TV
EX
Chat
Gosari s
Inchec
Krass
SeKin
Ich gla
Choco
waaaa
Alex
Das ist
sexy!
Slp
Slp
18
Slk
Slk
Slp
18
Hngh
Slp
Slp
Slk

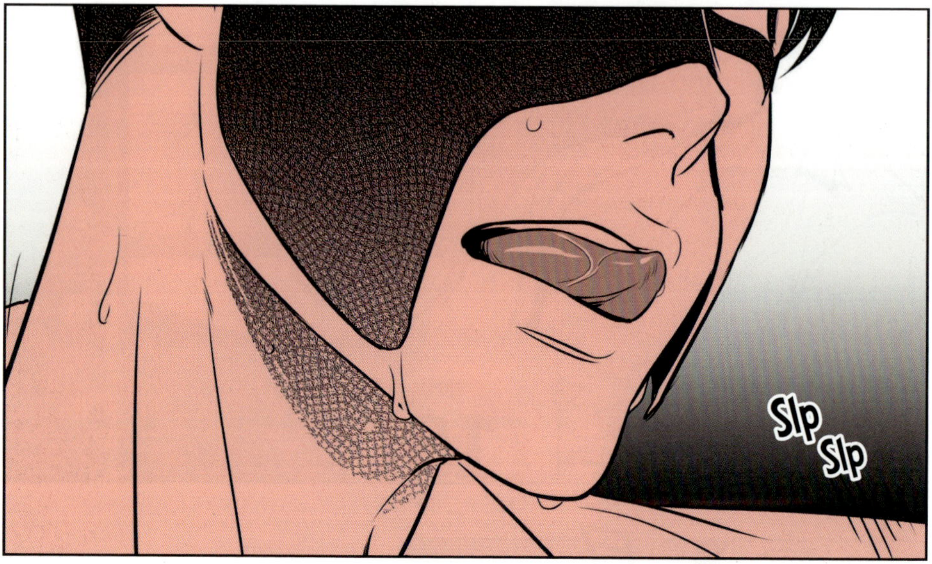
Slp
Slp

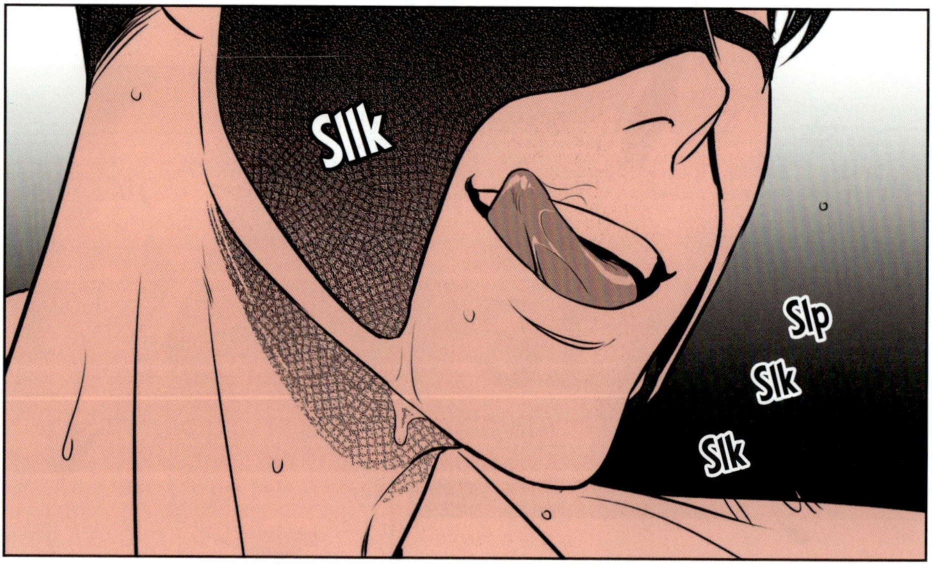
Sllk
Slp
Slk
Slk

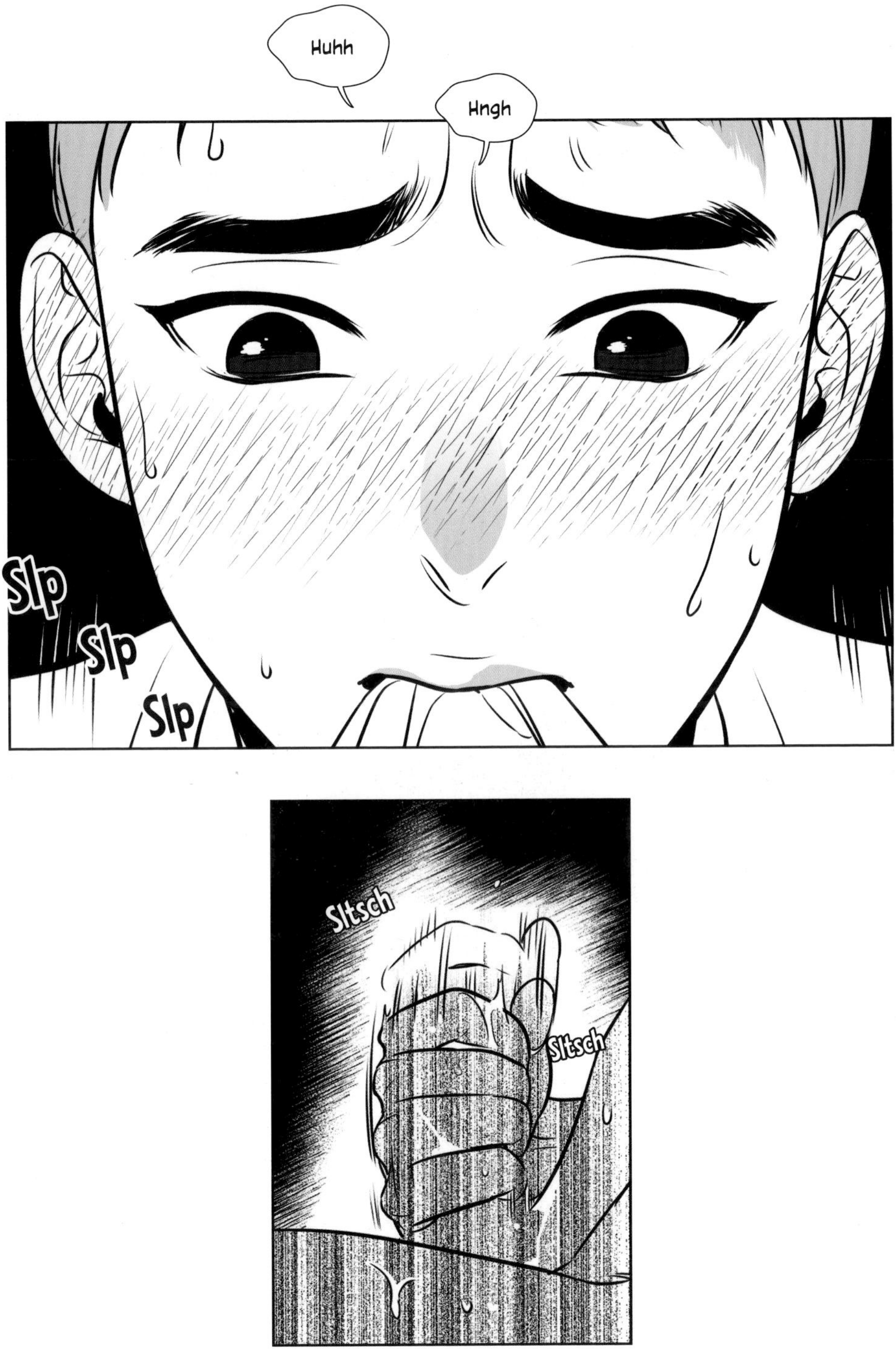
Huhh
Hngh
Slp
Slp
Slp
Sltsch
Sltsch

Hngh!
Ah!
Zuck
Grapp
Wumm
Spltsch
Platsch
Platsch
Alex 18+ Freitags-Stream
Alex (alex69)
1005 Likes| 53431 Zuschauer | 4326

UWAAAAAH!
Ah … ah! ♡
Mist, der ist doch neu!
Swp
Swp
Schwupp
Und, hat's euch gefallen?
Swp
Swp

Ah!
Klack
Klacker
Klack
Klack
1004
Ping
Alex♡DongDong hat
1004 Chestnuts geschenkt.
Oh!

1004 Chest-nuts von unse-rem DongDong! Thank you!

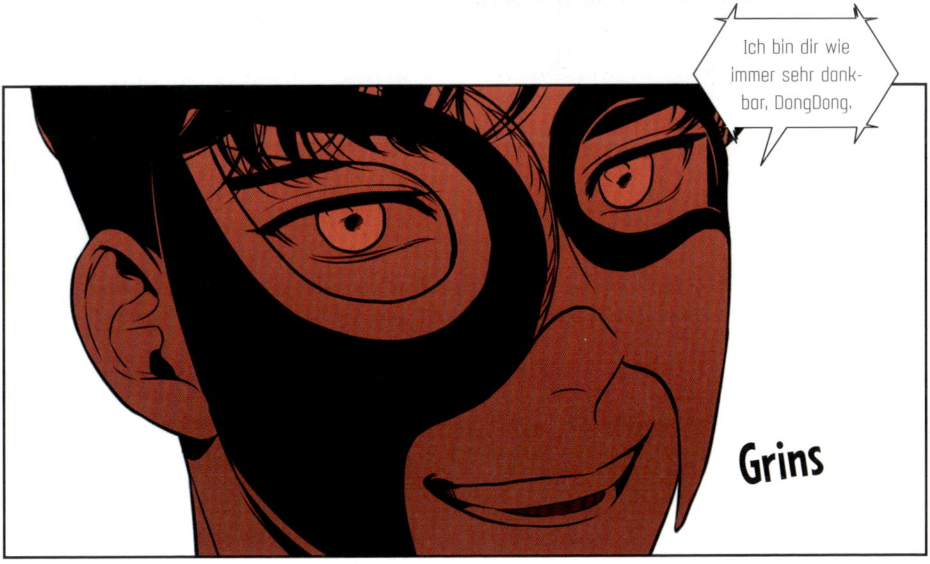
Ich bin dir wie immer sehr dank-bar, DongDong.
Grins

BJ Alex.

Ich habe mich
in einen schwulen
Streamer verliebt.

Woche 2
Team-Meeting
- Auswahl der Themen

Raun
Murmel

Starr
FIRST
Ich muss immer noch an den Stream von gestern denken. Hach.
Wie kann man nur so perfekt sein?
Unter der Maske muss der sicher total gut aussehen.

Alles an ihm ist sexy. Dieser trainierte Körper, der Leberfleck am Hals, selbst das Feuermal an seiner Seite.
Ich könnte wetten ...

... dass er da unten auch was zu bieten hat, oder?

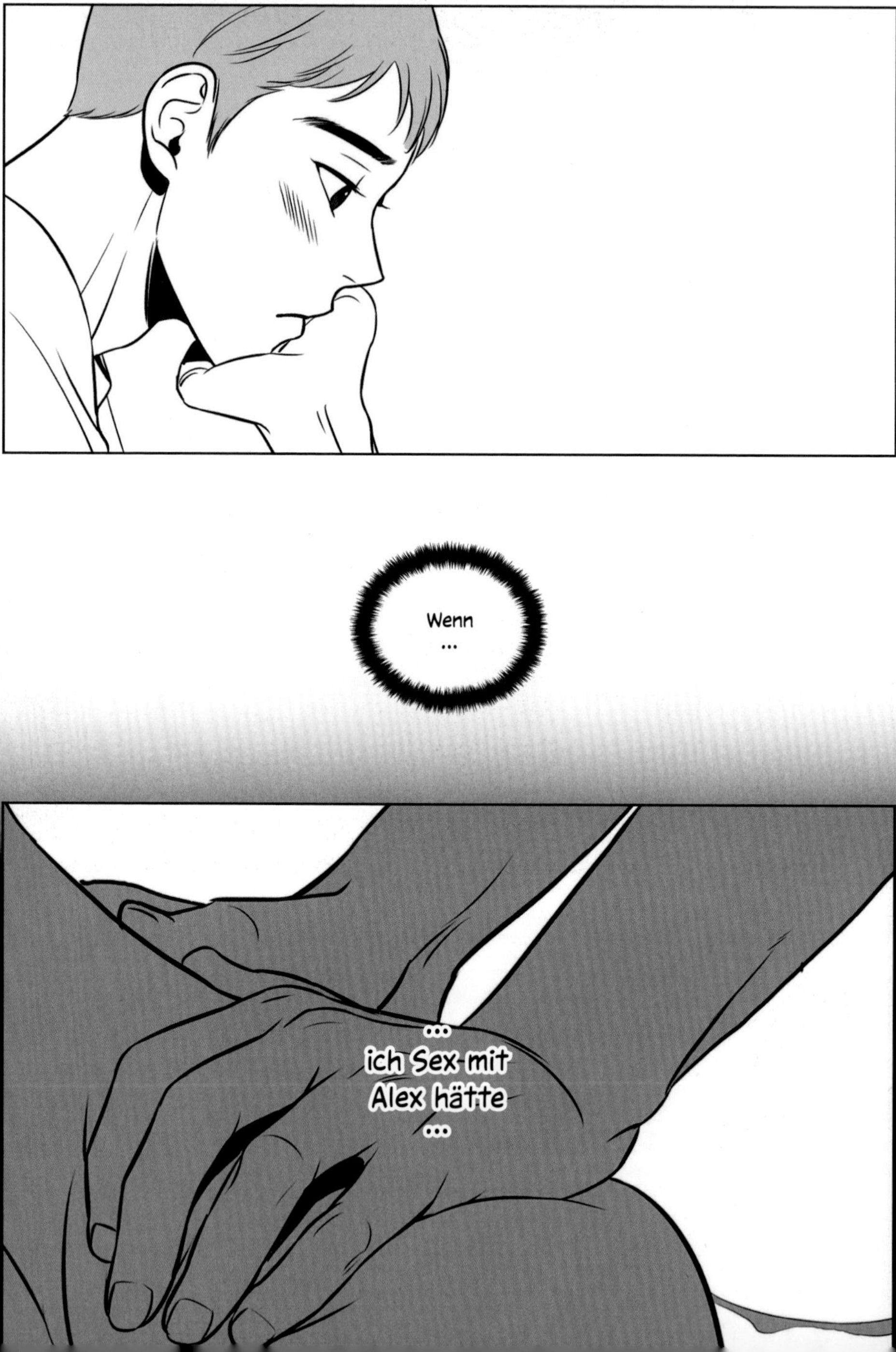
Wenn
...
...
ich Sex mit
Alex hätte
...

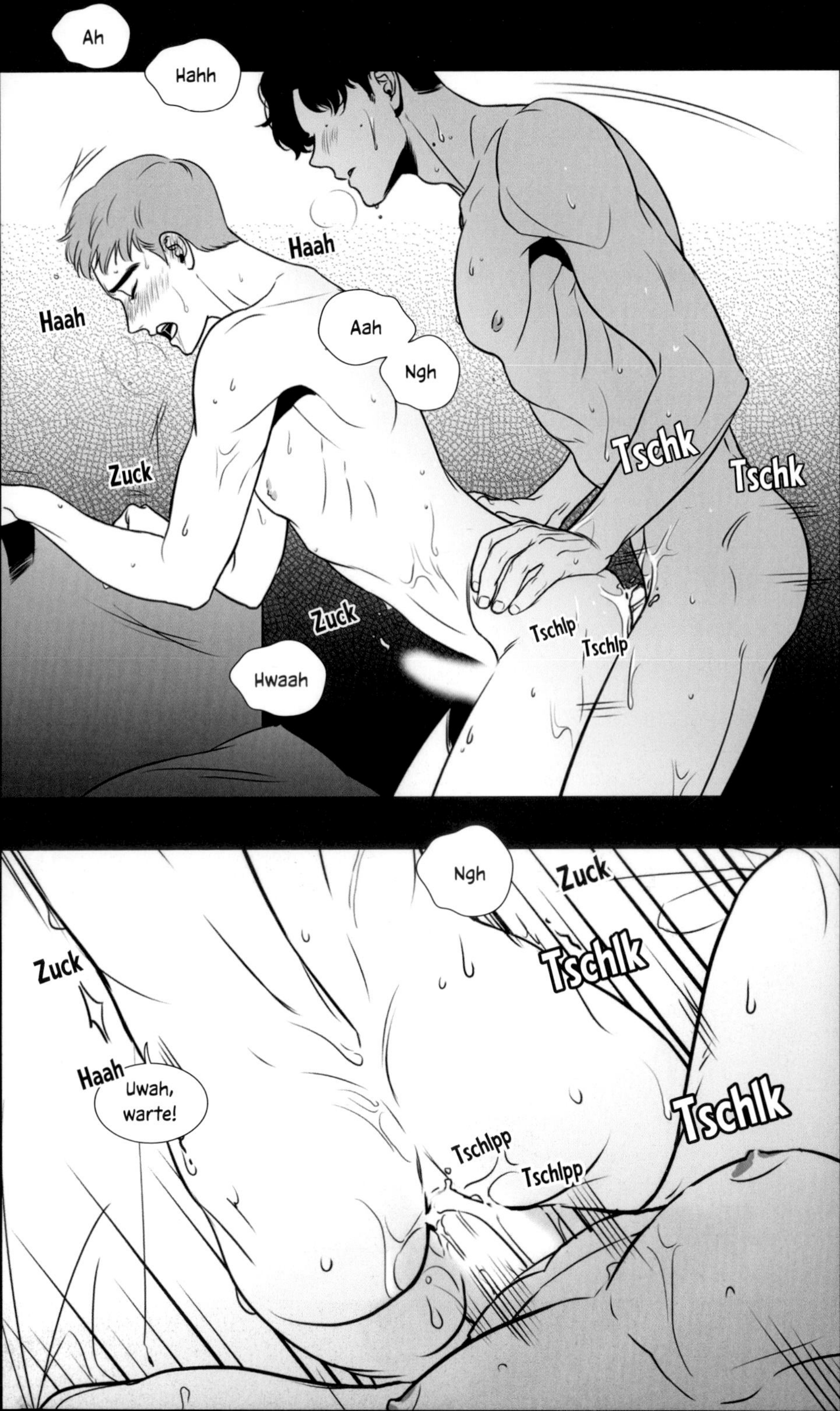

Ah
Hahh
Haah
Haah
Aah
Ngh
Tschk
Tschk
Zuck
Zuck
Tschlp
Tschlp
Hwaah
Ngh
Zuck
Zuck
Tschlk
Haah
Uwah, warte!
Tschlk
Tschlpp
Tschlpp

Ngh
Haah
Das ist ...
Slk
Slk
Hah
Zitter
Zitter
... zu intensiv ...
Darauf stehst du doch?
Haah
Tropf

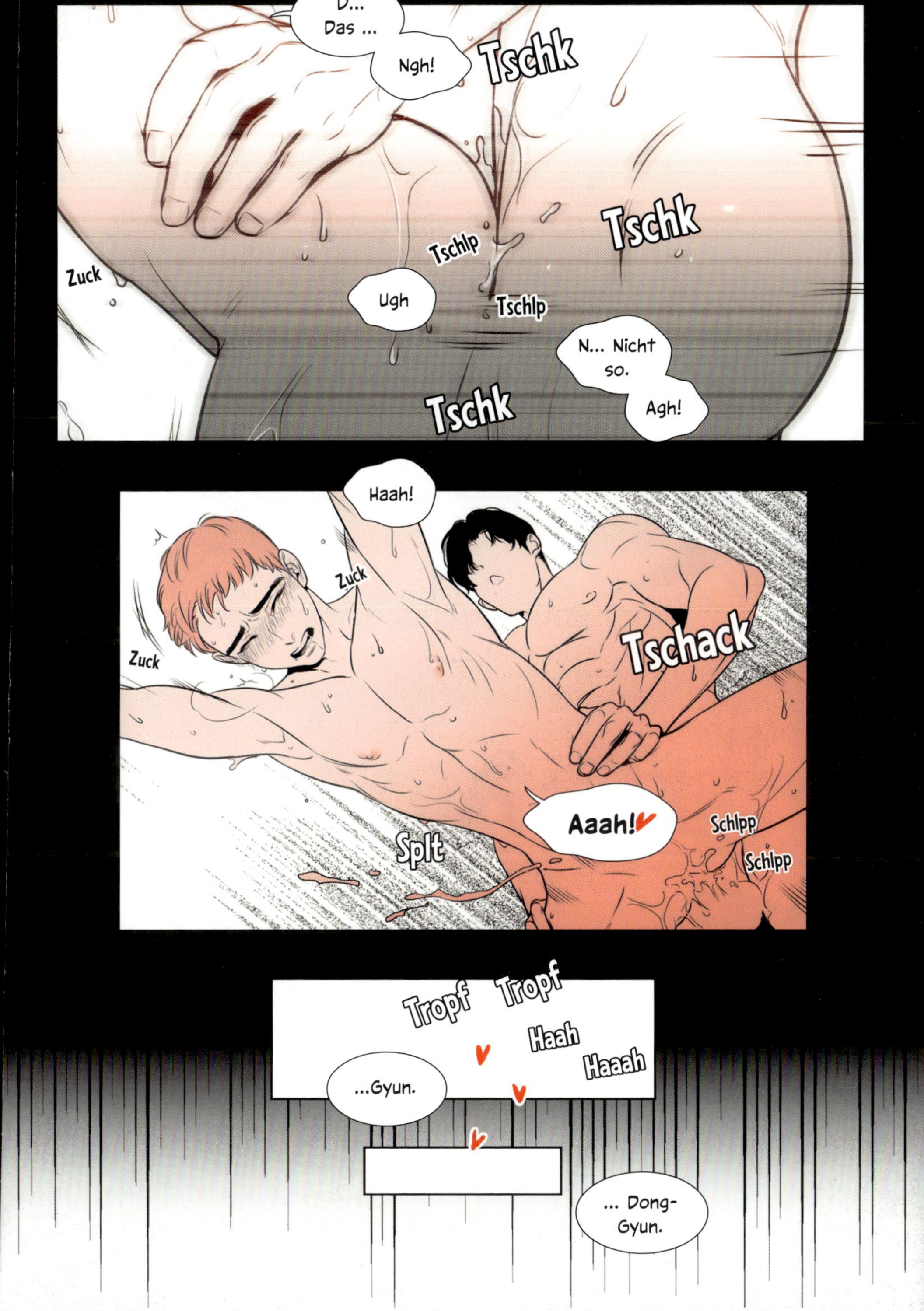
D... Das ...
Ngh!
Tschk
Tschk
Tschlp
Zuck
Ugh
Tschlp
N... Nicht so.
Tschk
Agh!
Haah!
Zuck
Zuck
Tschack
Aaah!
Schlpp
Splt
Schlpp
Tropf Tropf
Haah
Haaah
...Gyun.
... Dong-Gyun.

Dong-Gyun Nam!
Woah!
Was?!

Wir sollen unseren Gruppenleiter festlegen.
Swt
Ah, stimmt ja. Sorry!

Fwuah
Woran denke ich bitte gerade!
Uwaah!

Wie auch immer. Wir finden, du solltest das machen.
Waaas?!
Ich?!
Aber ich war noch nie Gruppenleiter ...
Dong-Gyun! Wir sind doch noch Erstis!
Als höheres Semester machst du das bestimmt viel besser.

Ach, echt?
Na gut …
Haah
Yay!
Professor! Können wir gehen, wenn wir fertig sind?
Ja, nur zu.
Moment, wir haben doch noch kein Thema?!
Mach dafür einfach 'nen Gruppenchat auf. Unsere Nummern hast du, oder?
Bis dann!

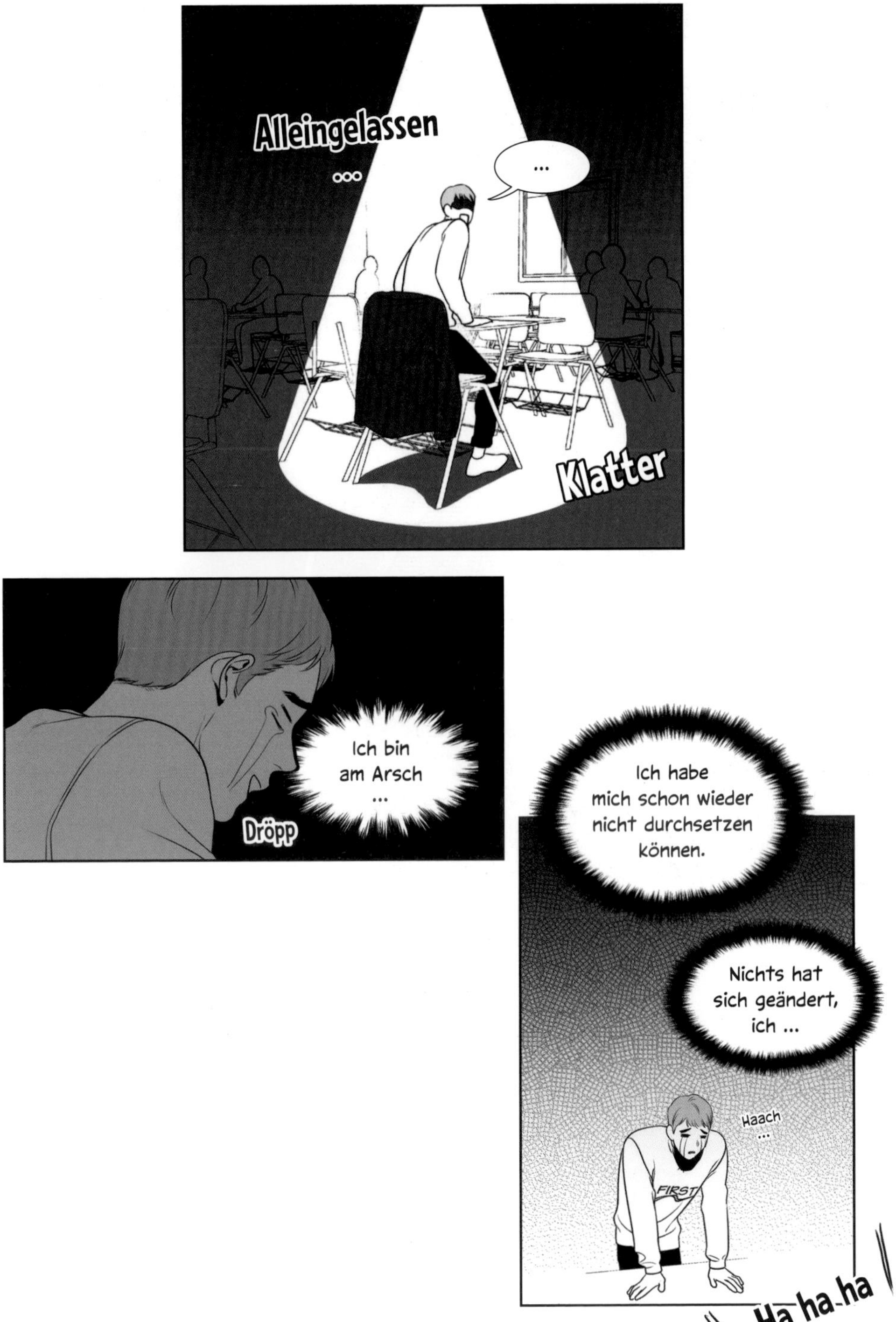
Alleingelassen
...
...
Klatter
Ich bin
am Arsch
...
Dröpp
Ich habe
mich schon wieder
nicht durchsetzen
können.
Nichts hat
sich geändert,
ich ...
Haach
...
FIRST
Ha ha ha

?
Ha ha ha
Plapper
Plauder
Dann nehmen wir doch dieses Thema.
Ja, voll gut!
Auf dich kann man sich verlassen.
Das ist doch der Fachschafts-vorsitzende? Was für ein Team-work!
Harmonie
Neidisch

Gute Arbeit. Wollen wir noch zusammen essen gehen?
Woah, gerne!
Gibst du einen aus?
Ja, na klar!
Ah!
Schreck
Hey! Du bist doch Dong-Gyun Nam, oder?

?
Oh, ja. H... Hallo ...?
In unserem Institut gibt es kaum Männer. Deswegen kann ich mich an alle Wehrdienstrück-kehrer erinnern.
Ah! Ach so ...
FIRST
Freut mich, ich bin Jiwon Ahn, der Fachschafts-vorsitzende.
Streck

Sag Bescheid, falls du irgendwann mal Hilfe brauchst.
M... Mach ich ...!
Grins
Ha ha ...
Jiwon, kommst du?
Dann bis zum nächsten Mal.
Verbeug
Klar, bis dann.

Wie aufmerksam der ist! Wahnsinn ...
Ach, Dong-Gyun!
Unser Studiengang trifft sich später. Du solltest auch kommen!
Ah, okay!
Oh, ein Gruppentreffen ...!

* Konsumentenpsychologie-Fakultät.

Schluck
Am besten, ich verschwinde nach ein, zwei Drinks wieder ...
Fuck, warum muss ich ausgerechnet neben einem Kerl sitzen?
Ey, wer bist du eigentlich?
Ich bin Dong-Gyun Nam ...
Gerade vom Wehrdienst zurück?
Ja, genau.

Du Vollidiot, wenn du zurück-kommst, solltest du dich bei uns melden!
Ich bin auch in der Fachschaft!
...
T... Tut mir leid.
Egal, trink was.
Glucker
Wer zurück ist, muss der Fachschaft die Ehre erweisen. Du verstehst doch, was ich meine?
Ja.
Schluck
Ich bin am Arsch ...
Der Arme!
Hach!
Und noch eins!
Öhö
Okay!

Leer
...

Scheiß drauff, auff zur näggstn Runnde!
Hey du, wir gehen weiter! Zeit aufzustehen ...
Schüttel
...

Alles in Ordnung?
Lassd mich loos, ihr Wigg-ser!
Er wacht nicht auf. Was machen wir jetzt?
Wer ist das?
Keine Ahnung? Kenne ihn nur vom Sehen ...
Geh du schon mal mit den anderen mit. Ich bringe ihn nach Hause.
Ah, danke schön.

Hey, wach auf! Es geht nach Hause!
Schüttel
Schüttel

Fwupp
Hnnnnnh …
Ah!

Dong-Gyun, wie viel hast du getrunken?
Wo wohnst du? Ich bring dich nach Hause.
Jaaa …
Schüttel
Schüttel
Jaa …

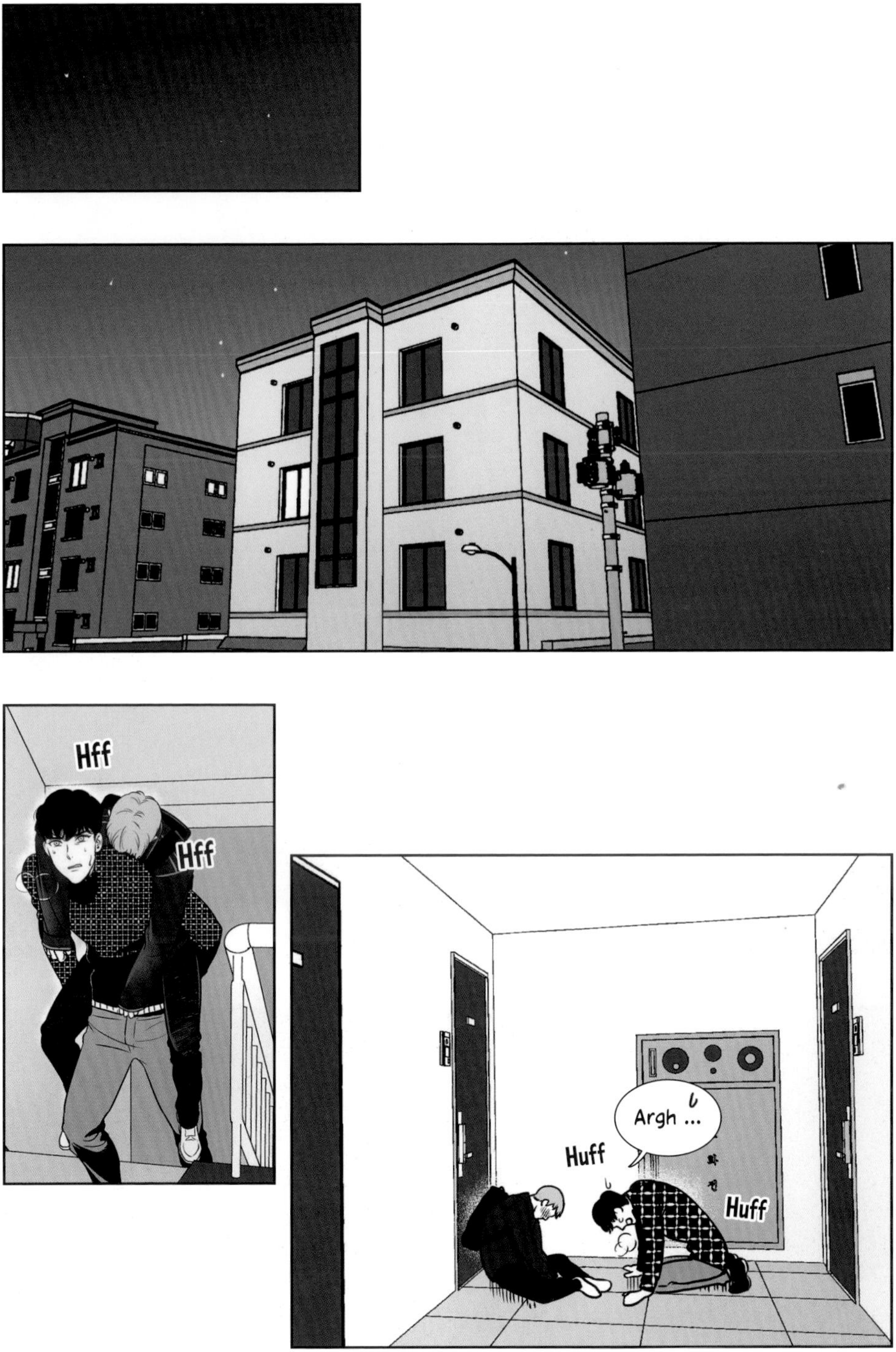
Hff
Hff
Huff
Argh ...
Huff

Nummer 306 stimmt, oder? Was ist dein Code?
Jaa ...
Schüttel
Schüttel
Schon wieder nur »Ja«?!
Nullachd-zwooneun ...
Schüttel
Schüttel
Null, Acht, Zwei, Neun? Und? Reiß dich zusammen.
!
Bwapp
Zamm
Blöörgh

Zzzzz
Ugh, voll erwischt.
Haah!
Sssst

Swsch
Swsch
Swsch
Swsch
Pschhhhh
Hmm ...
Pschhh

Mein Schädel dröhnt ... Wo bin ich hier?
Ah, ich bin zu Hause.
Aber wie bin ich zurückgekommen?

Bist du wieder wach?
Tapp
Tapp

Tut mir leid, dass ich dein Bad benutzen musste.
Tropf
Tropf
Ah, kein Problem. Fühl dich wie zu Hause.
Swt
Huch?

Erinnerst du dich, dass du vorhin gebrochen hast?

Es war überall.
Also hab ich deine
Sachen gleich mit
ausgewaschen.

Geht es
dir gut?

...

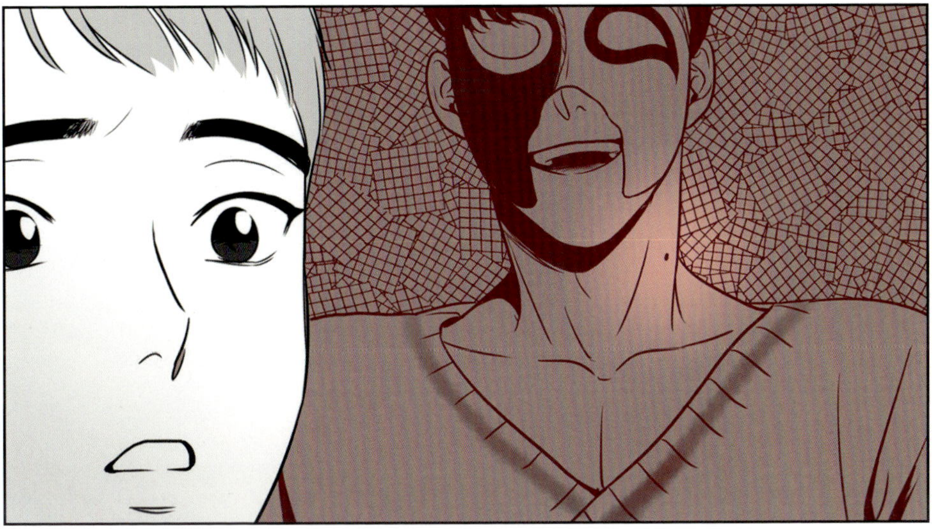

?
Fwupp

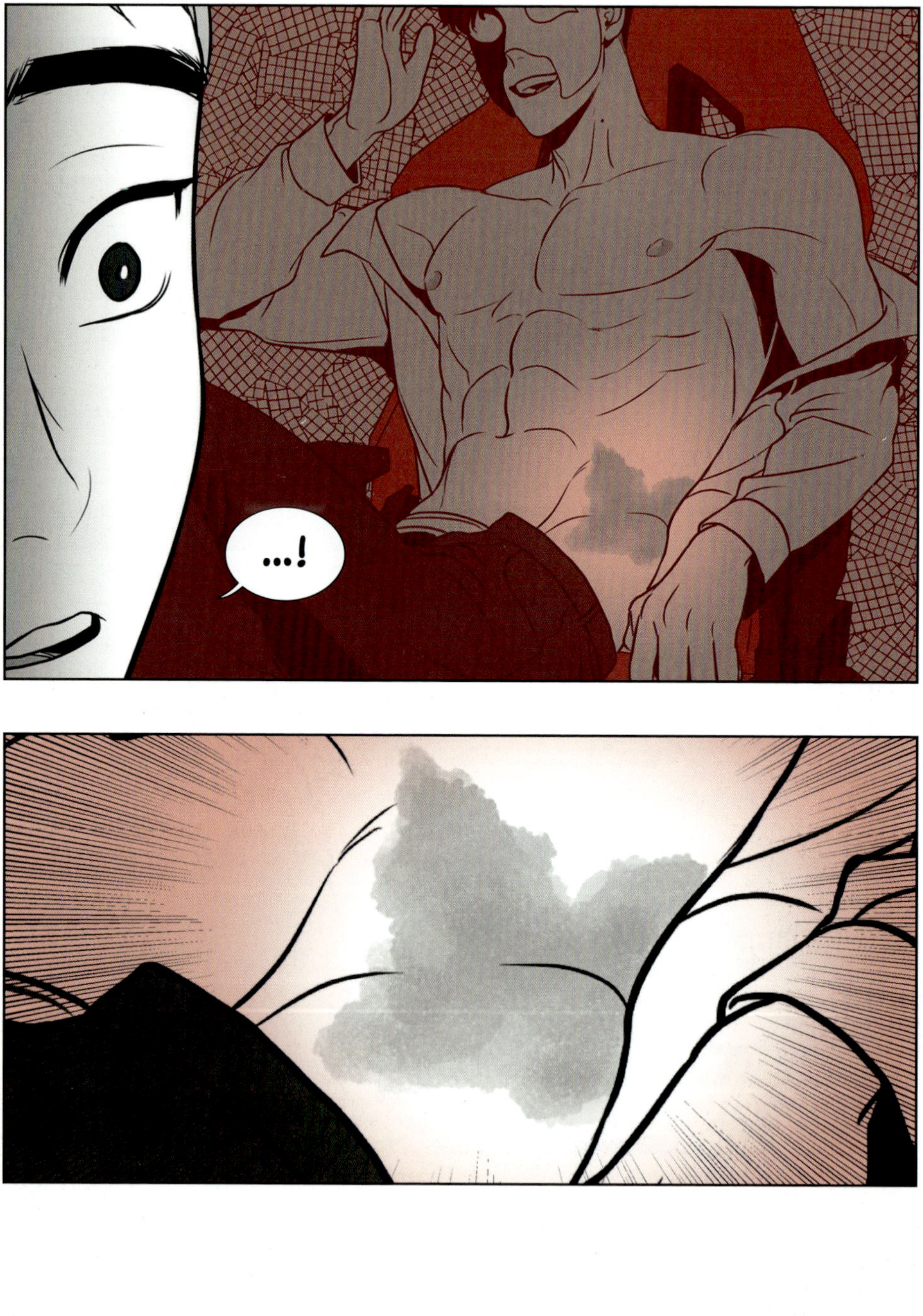

Ta
daaaa

!!!
Hngh

Haah
Haah
Das kann nicht sein!

Dong-Gyun, was ist los?

Da, das ...
Du ...
Fwupp
Fwupp
Hm?

Dong-Gyun!
Wumm
Wusch
Alles in Ordnung?
Haah
Haah

D...
Du bist BJ Alex, oder?

BJ Alex

EPISODE

02

BJ ALEX

Du bist
BJ Alex,
oder?

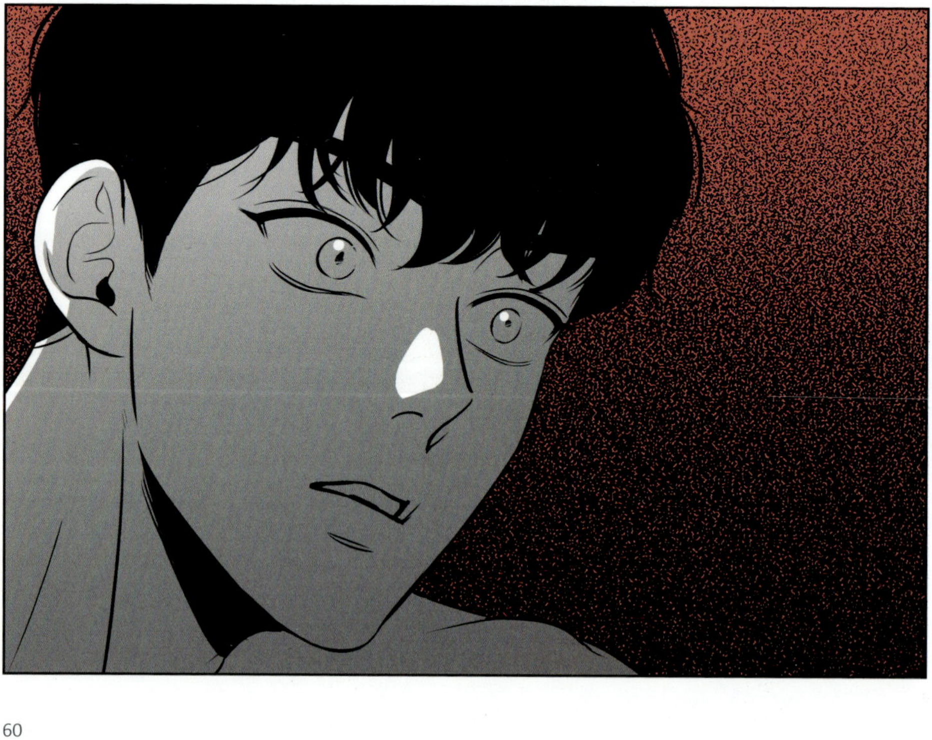

...

Fwupp

Kratz
Hm? Was redest du da? Du bist wohl noch ziemlich betrunken.
H... Habe ich mich geirrt?
Hngh!
T... Tut mir leid!
Schon gut! Kannst du mir ein Shirt leihen?
Meine Sachen sind noch nass.
Zitter
Zitter
Schwupp
Klar! Ich such dir sofort was raus.

Grusch
Ich gebe es dir gleich morgen wieder.
Ich habe trotzdem das Gefühl, dass er es ist.
...

Dieses
Feuermal.

Hast du
das nicht, seit
du fünf Jahre
alt warst?
Zomm

Den Leberfleck am Hals hast du dir einmal entfernen lassen, aber er ist wiedergekommen.
...
Tapp
Und wolltest du dir das Feuermal nicht einmal weglasern lassen, hattest aber Angst, dass eine Narbe bleibt?
Du bist sicher Alex!
Wusch
Genauer betrachtet ist deine Frisur auch ähnlich ...
Bubumm
Tapp
Tapp
Könnte ich dich mal ohne die Haare im Gesicht sehen ...?
Bumm
Bubumm

M... Mir
kannst du das
ruhig sagen!
Bumm
Bubumm

Gwapp
Ugh!

Wumm

Jetzt hör endlich auf!
Gwwwt
Schluck

Du Scheißkerl, wie hast du das rausgefunden?
Gwwwt

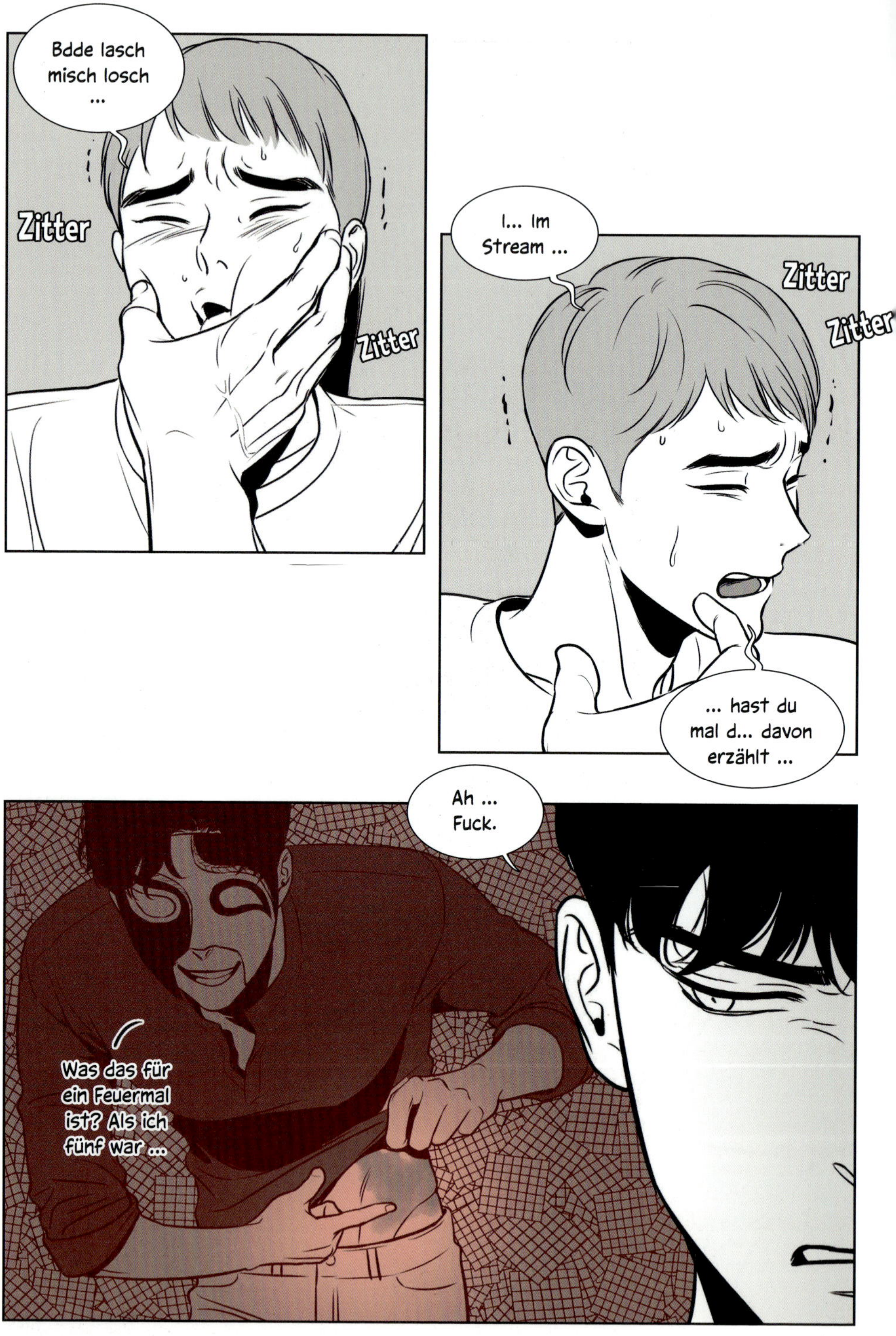

Bdde lasch misch losch ...
Zitter
Zitter
I... Im Stream ...
Zitter
Zitter
... hast du mal d... davon erzählt ...
Ah ... Fuck.
Was das für ein Feuermal ist? Als ich fünf war ...

Gwapp

Jetzt hör mir mal gut zu.
Falls irgendjemand Wind davon bekommt, dass ich Alex bin ...

... mache ich dich fertig.
Okay, okay. Es tut mir ja leid!
Ehrlich, es tut mir leid ...!
Zitter
Zitter

Mann, ey.
Wumm

Wamm
Klatter
Haah
Ausgerechnet einer von meiner Uni!
Ist das scheiße, fuck!
Tropf Tropf
Krsch
Er ...
Er ist echt Alex ...
Hff
Hff
Aber ...

... was ist das denn für ein Unterschied?!
»Du bist doch Dong-Gyun Nam, oder?«
»Ist das scheiße, fuck!«

Ey, jetzt gib mir endlich was zum Anziehen!
Wusch
Ja!

...
Wuff
Grr Grr
Alles andere ist gerade in der Wäsche ...!
Was für ein Mist, ey!
Katschick
Haah

Der echte Alex ...
Fwuaah
Ale... nein, Jiwon.
Kann ich dich nur eine einzige Sache fragen?
Was?
Erinnerst du dich an mich?
Mein Nut-zername ist DongDong!

1004
Ah!
Alex♡DongDong hat
1004 Chestnuts geschenkt.
Das warst du?
Der mit den 1004
Chestnuts ?

Wow, die
Welt ist ver-
dammt klein.

Fwuaaah
Echt?
Du erinnerst dich?
Ich bin dein größter Fan, Alex!
Wusch
!
Deinen Stream gestern habe ich auch gesehen.
Du bist der Beste, eine Legende!
Ich habe nicht einen verpasst.
Dafür bin ich immer um Punkt zehn zu Hause.
Funkel
…
Funkel

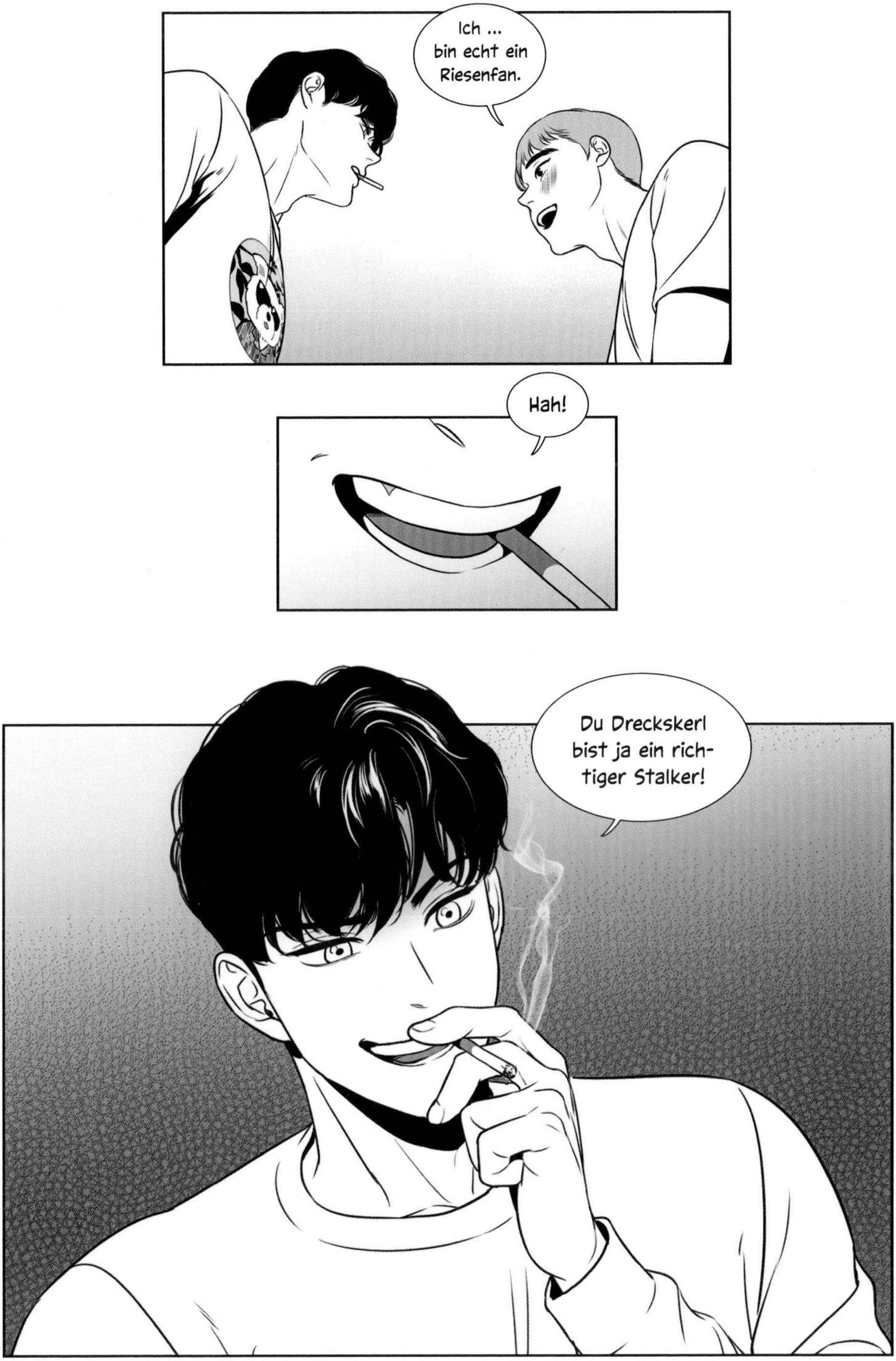
Ich ... bin echt ein Riesenfan.
Hah!
Du Dreckskerl bist ja ein richtiger Stalker!

Na ja, danke noch mal für die Chestnuts gestern.
Strahl
...!!
Aber wehe, du quatschst mich in Zukunft an.
Groooh
Du könntest meine Identität verraten.
Was?
Tropf
So hab ich mir das nicht vorgestellt!

Du hast mich vorhin auch schon aus Versehen Alex genannt.
Ah, das ...

Ob am Campus oder sonst wo, wir kennen uns nicht. Schick mir auch ...
Tapp
Tapp
... keine Chestnuts mehr. Weißt du, was? Schau meine Streams gar nicht erst.

So Leute wie du geben doch damit an, dass sie jemand Berühmtes kennen.
Fsssssh
Und das würde mir im Endeffekt nur schaden, stimmt's?
Verstanden? Ich bin dann mal weg.
Öhö
Öhö
Zisch
Das kann doch nicht sein ...
Wie konnte es nur so weit kommen?

1004 Chestnuts von unserem Dong-Dong! Thank you!
Ich bin dir wie immer sehr dankbar, DongDong.

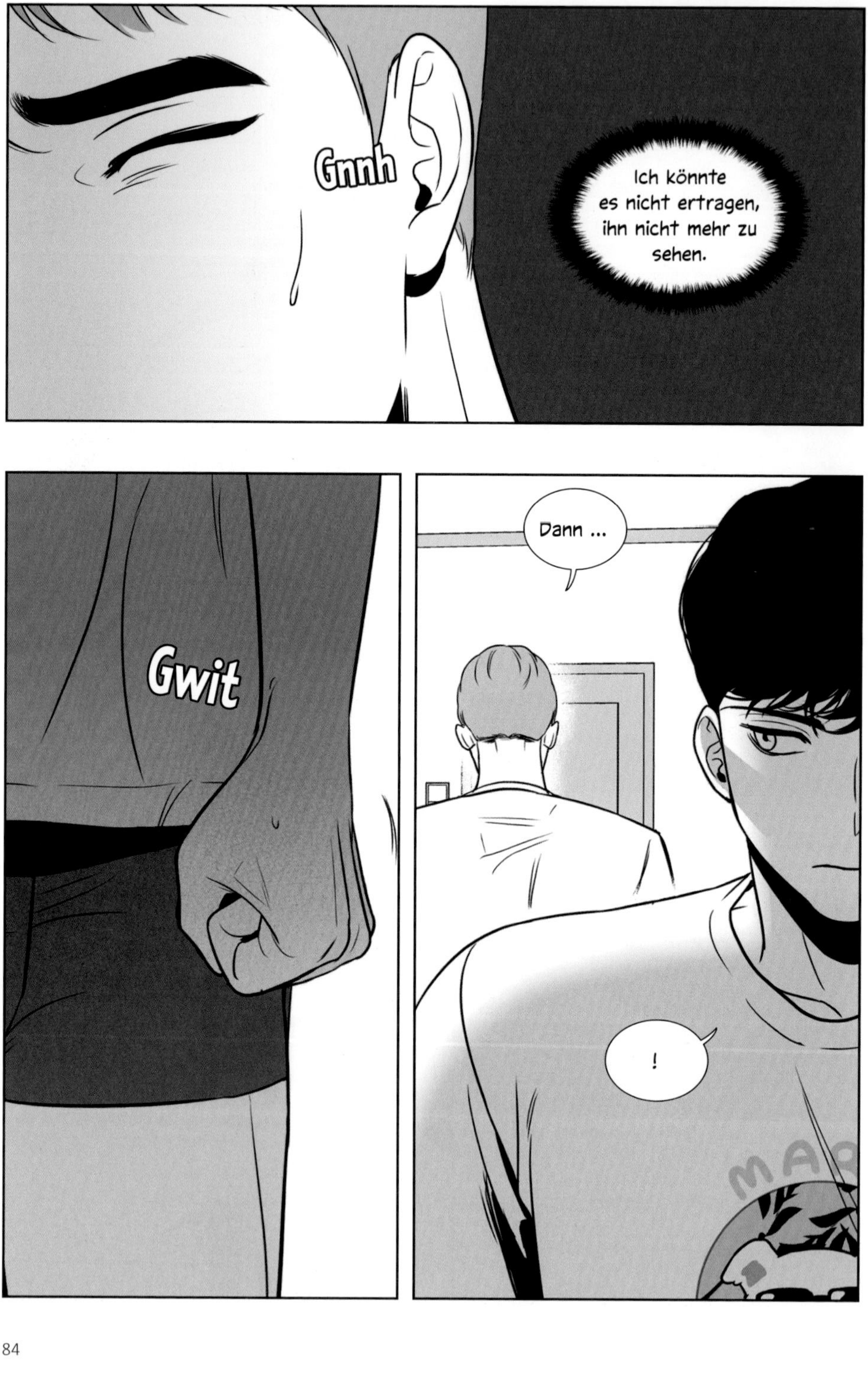
Gnnh
Ich könnte es nicht ertragen, ihn nicht mehr zu sehen.
Gwit
Dann ...
!

... erfüll mir wenigstens einen Wunsch ...
Was?
Bitte. Ich werde auch nie wieder so tun, als würde ich dich kennen.
D... Deine Streams werde ich dann auch nicht mehr gucken ...!
Schnüff
Nur zum Abschluss ...

Scheiße! Wehe, dein Wunsch ist irgendwas Komisches.
Umarme mich ...

?!!
... aber jedes Mal, wenn ich dich sehe ...
Ich bin zwar nur einer von vielen ...
Fwuaah
... ist das alles, woran ich denken kann.
Sprachlos
...
MARU

Eine Umarmung? Mehr nicht?
Nick
Nick
Kratz
Kratz
Oh Mann ...
Haah ...
Tapp
Sssst

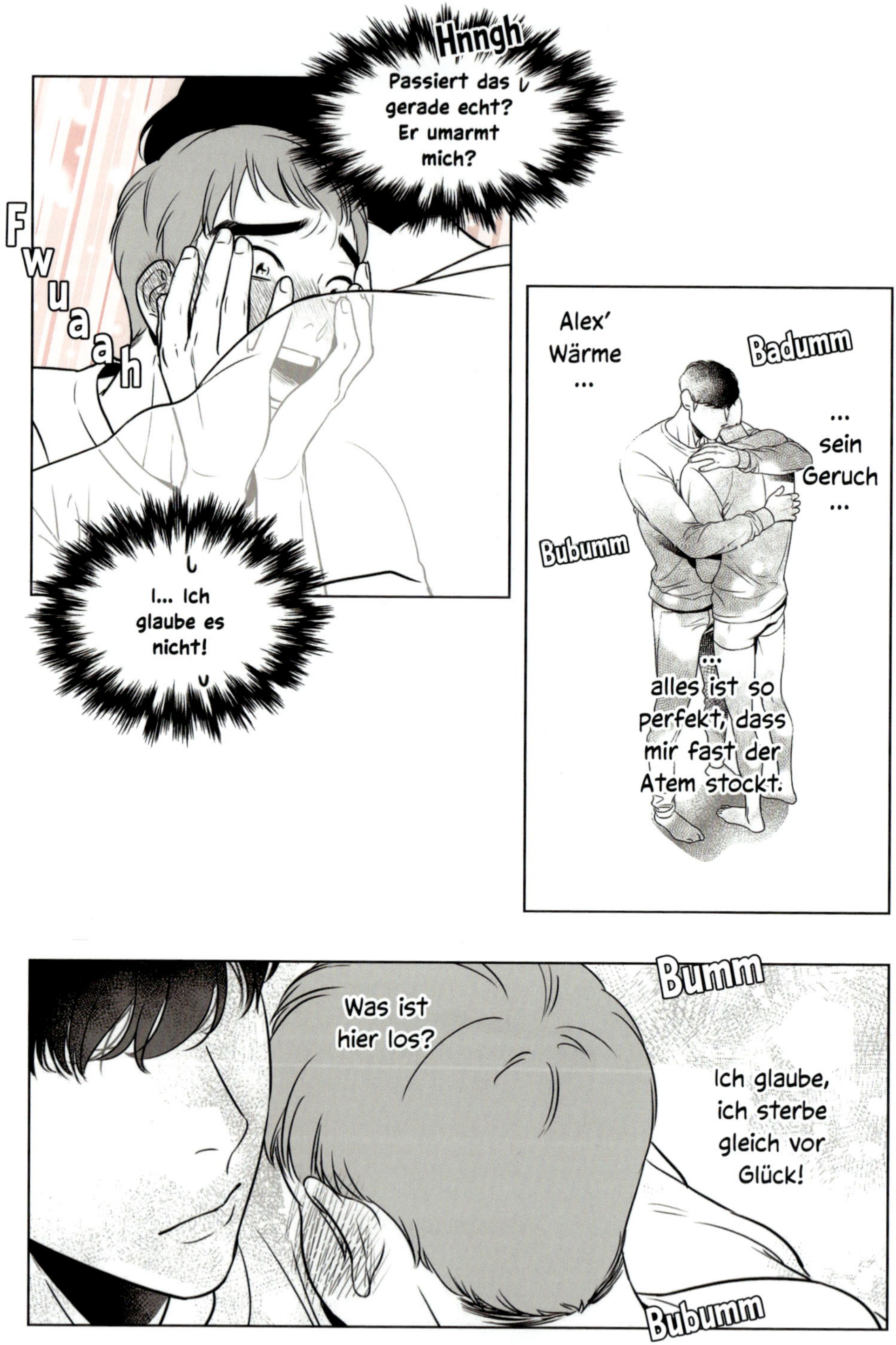
Hnngh
Passiert das gerade echt? Er umarmt mich?
Fwuaaah
I… Ich glaube es nicht!
Alex' Wärme …
Badumm
… sein Geruch …
Bubumm
… alles ist so perfekt, dass mir fast der Atem stockt.
Bumm
Was ist hier los?
Ich glaube, ich sterbe gleich vor Glück!
Bubumm

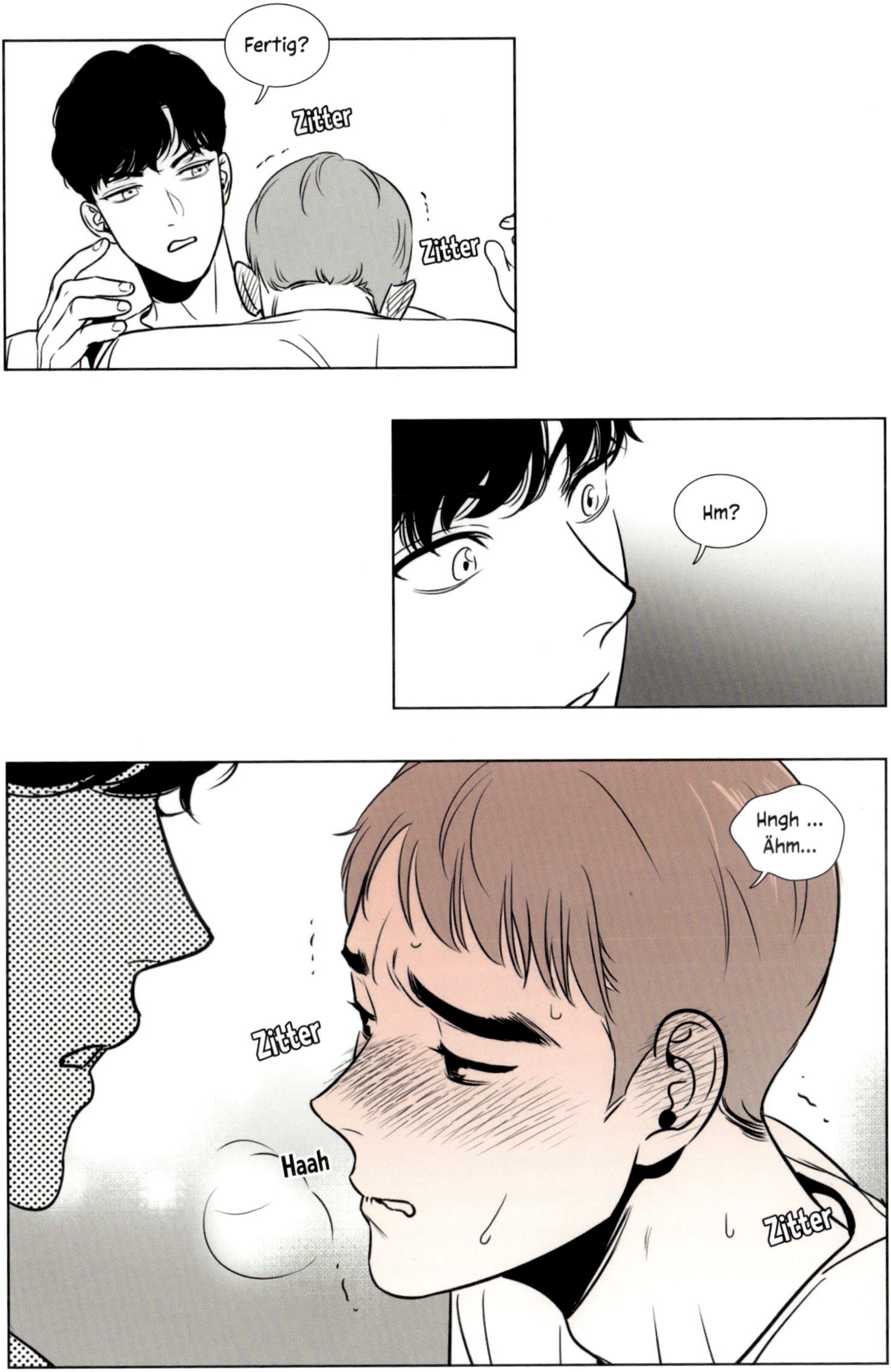
Fertig?
Zitter
Zitter
Hm?
Hngh ...
Ähm...
Zitter
Haah
Zitter

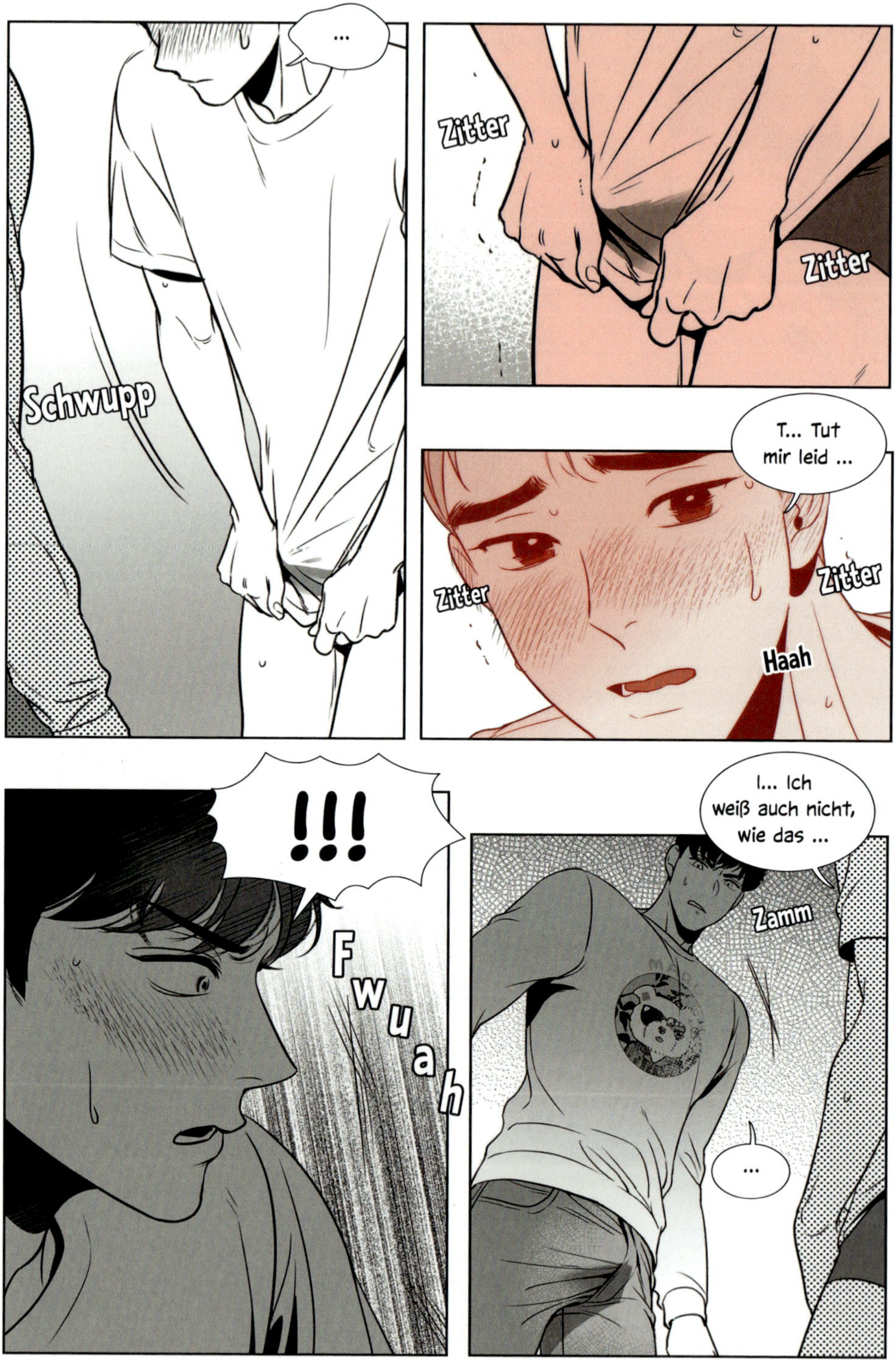
...
Schwupp
Zitter
Zitter
T... Tut mir leid ...
Zitter
Zitter
Haah
!!!
Fwuah
I... Ich weiß auch nicht, wie das ...
Zamm
...

Zuck
Zuck
Murmel
Ach, fuck ...
Schwitz
Bist du damit echt schon zufrieden?
Schreck
!!!

Zitter
Zitter
Nein
...

Schwupp
!!!

Slp
Hngh ...
Slk
Haah
Was hast du vor ...?
Tapp
Tapp
Fwapp

Bumm
Bubumm
Bumm
Bubumm
Swt

Bumm
Bubumm
Schluck

Wenn ich dir schon Wünsche erfülle, können wir ja noch ...
... einen Schritt weitergehen. Du willst es doch auch.
Grins

Swp
Ich schlafe nicht einfach mit jedem ...

... deswegen ist das jetzt unser Geheimnis.

BJ Alex

EPISODE

03

BJ ALEX

Das erste Mal habe ich Alex ...
KimSpam bit.ly/bam_flower
Heißer 18+ gay Stream – jetzt anschauen!
Wird er sich komplett ausziehen?
... in einer Social-Media-Adult-Anzeige gesehen.
Das war ein Riesenschock für mich.

Seit ich klein war, wurden mir solche Sachen verboten.
Ich kannte mich mit Sex überhaupt nicht aus. Erfahrung ...
... hatte ich natürlich auch nicht.
Wollt ihr eine hotte Story hören? Natürlich aus erster Hand!
Dann erzähle ich euch mal von der Nacht, in der ich einen richtig geilen Bottom getroffen habe.

Und, ungelogen, ich habe noch nie jemanden getroffen, der so gute Blowjobs gegeben hat.
Das war krass. Würde ich jederzeit wieder machen.
Im Gegensatz zu mir, konnte Alex ganz offen sagen, was er wollte.
Und schon war es um mich geschehen.
Ich habe ihn dann beiseitegezogen und wir haben uns gegenseitig einen runtergeholt …
Ich hab ihn dann auch direkt reingesteckt …
…
Aber ich wollte mehr. Ich wollte unter all den Zuschauern, die sich auch in ihn verliebt hatten, herausstechen.
EelSuckerNomNom
Du bist schuld daran, dass ich schwul bin.
Alex♡DongDong
Deine Streams sind einfach immer so gut, waah!
AlexTakeMyMoney
Lasst eure Pantys hören und zieht die Stimmen aus!
BigBanana
Deswegen habe ich mir jeden einzelnen Stream angeguckt.
Tapp
Tapp
Tapp
Noch eine Minute bis zum Stream!

Ich habe unendlich viel mit ihm gechat-tet und sogar ...
Klack Klacker Klack
Klacker Klack
... gejobbt, um ihm Chestnuts zu schenken.
Was darf es sein?
Ich wollte, dass er mich bemerkt.
Du bist heute ja auch wieder da, DongDong! Danke für die 100 Chestnuts!
Nichts konnte mich als Fan so glücklich machen ...
... wie, wenn er mich unter all den Leuten wiedererkannt hat.

Ihn in echt zu treffen ...
... seine Hand zu halten ...
... ihn zu küssen ...

... ein Paar zu werden und Sex mit ihm zu haben ...
... war ehrlich gesagt etwas, von dem ich nur träu-men konnte.

?
Was ist? Zieh dich aus.

Alex will mit mir sch... schlafen?
Wuaaaaaaaahh

Fwupp
...
Bumm
Bubumm

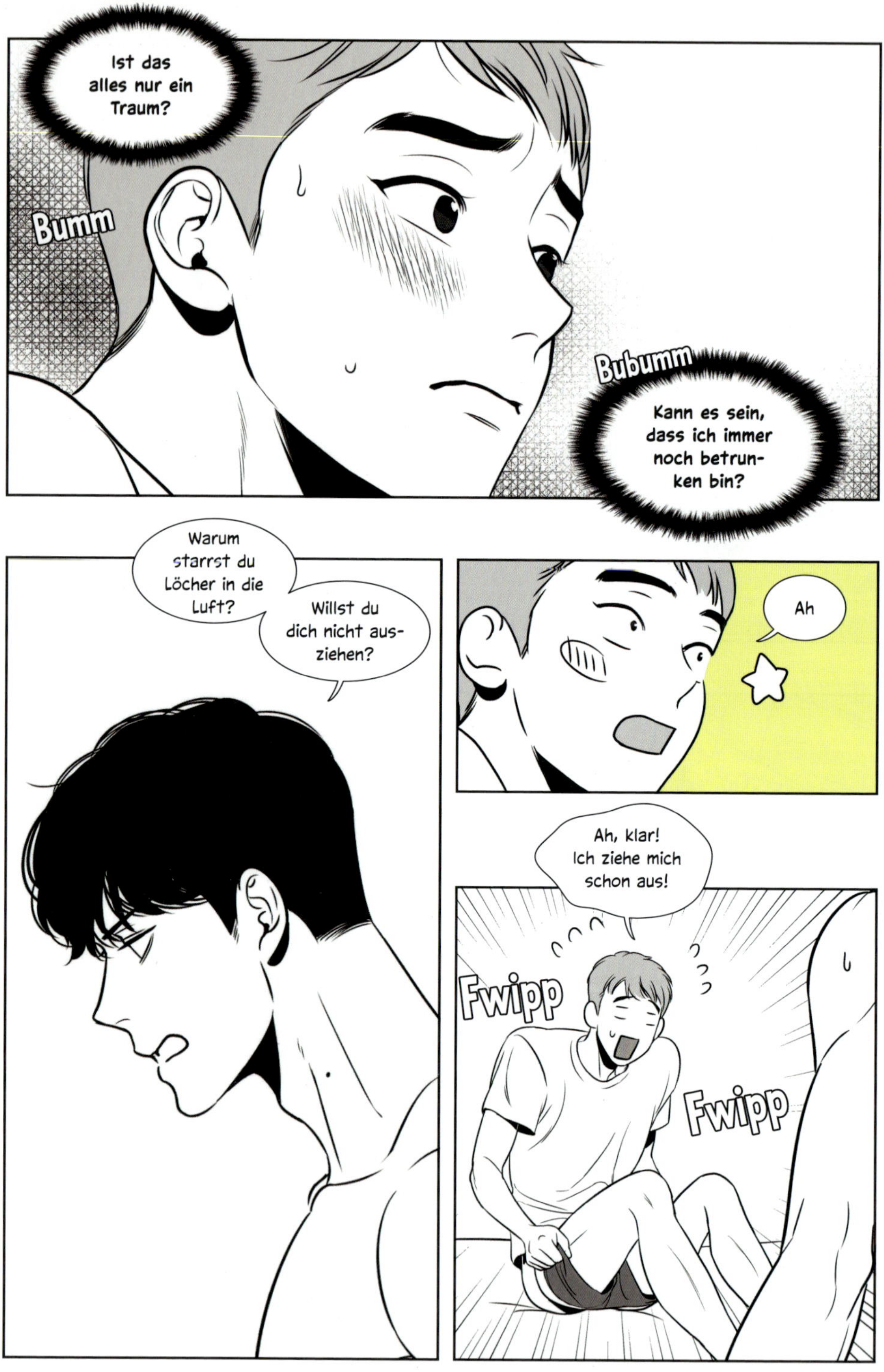
Ist das alles nur ein Traum?
Bumm
Bubumm
Kann es sein, dass ich immer noch betrunken bin?
Warum starrst du Löcher in die Luft?
Willst du dich nicht ausziehen?
Ah
Ah, klar! Ich ziehe mich schon aus!
Fwipp
Fwipp

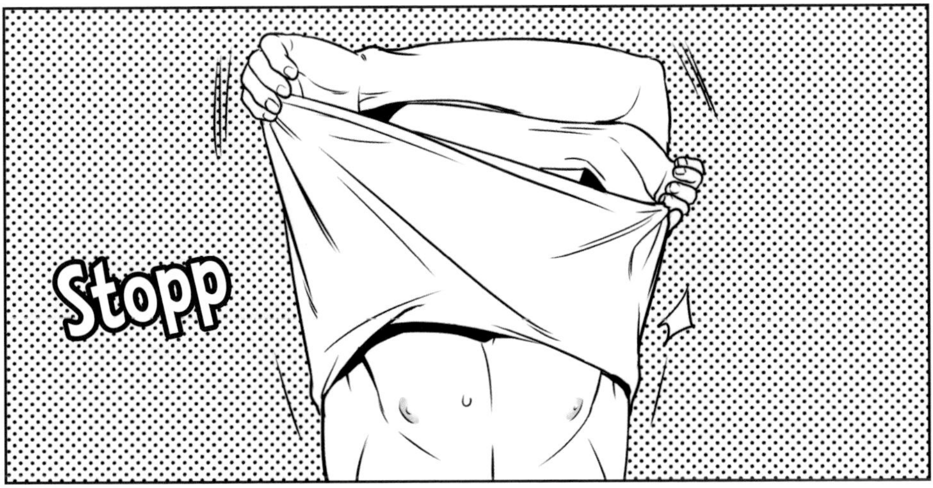
Stopp

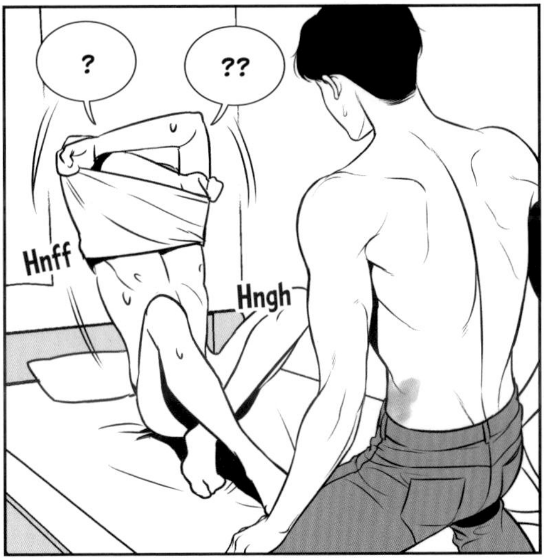
?
??
Hnff
Hngh

E... Einen Moment ...
Hmpf
...
Hngrh

D... Danke schön.
Schwupp

Ssp
Ah ...

Ah!
Slp
Fwuah
W... Warte. Mein Ohr ...

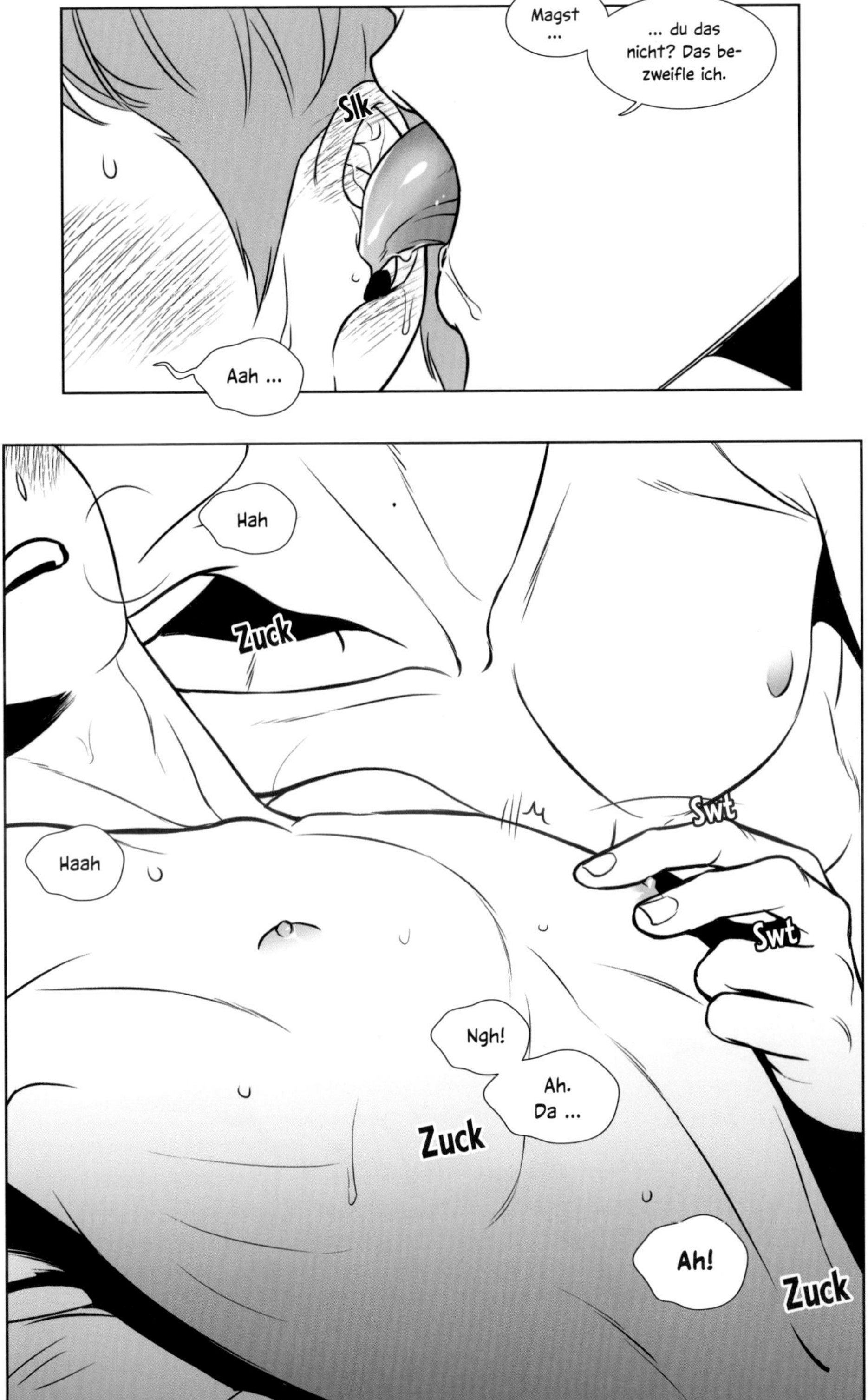
Magst ...
... du das nicht? Das be-zweifle ich.
Slk
Aah ...
Hah
Zuck
Swt
Haah
Swt
Ngh!
Ah. Da ...
Zuck
Ah!
Zuck

Grins

Haaah!
Küss♥
Zuck

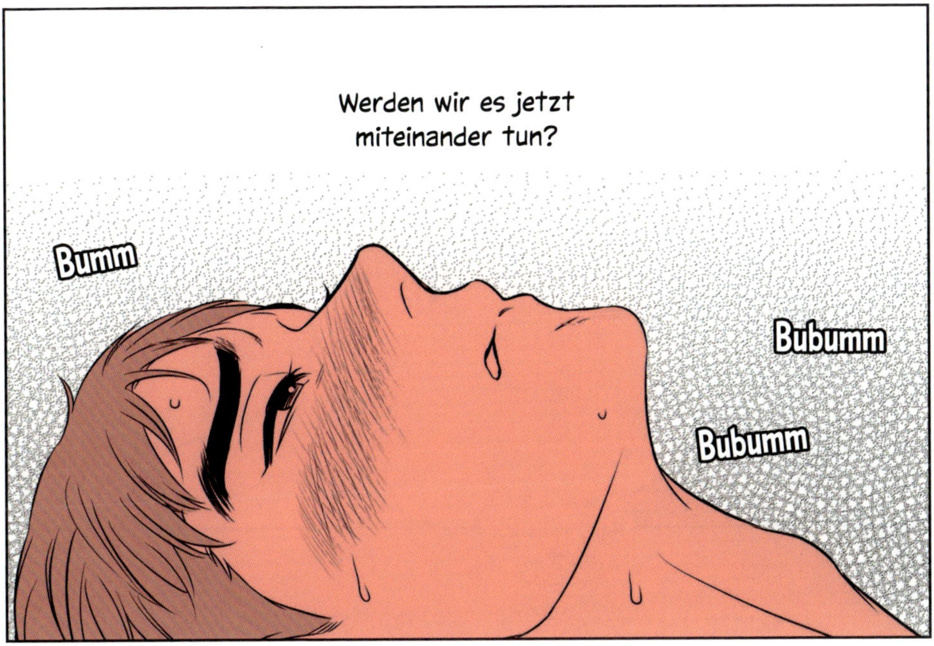
Werden wir es jetzt
miteinander tun?
Bumm
Bubumm
Bubumm

Ach,
stimmt
ja ...
Haah
Haah

Hast du ein Kondom?
Haah
Was ...? Nein, habe ich nicht ...
Nicht?!
Ich mache es nicht ohne.
Ugh!
T... Tut mir leid ...
Zipp
Das ist halt mein erstes Mal ...
Stopp
...?!

Dein erstes Mal?
Nick
Nick
Urgh!
?
Soll ich eben welche kaufen gehen?
Lass stecken.
Ich hab keinen Bock, dein erstes Mal zu sein.
W... Warum nicht?
RRRR
!

Hallo?
Jiwon! Wo bist du?
Kang-Hoon macht gerade voll den Aufstand in der Bar!
Fuck!
Wooaah!
Ah, echt? Tut mir leid, Sujin. Ich komme sofort!
Ha-ha
Wofür entschuldigst du dich denn? Ich bin gleich da.
Woaaaah!
Ey!
Pack meine Sachen in eine Tüte.
Ruck
Ah, okay.

Ssst
Swt
Kang-Hoon Lee, dieser Scheißkerl!
...
Der macht mir nur Schwierigkeiten!
Es musste ja so kommen. Ich bin das viel zu schnell angegangen.
Wie kriege ich das bloß wieder zurechtgebogen?

Hier.
Fwupp
MARU

Hm?

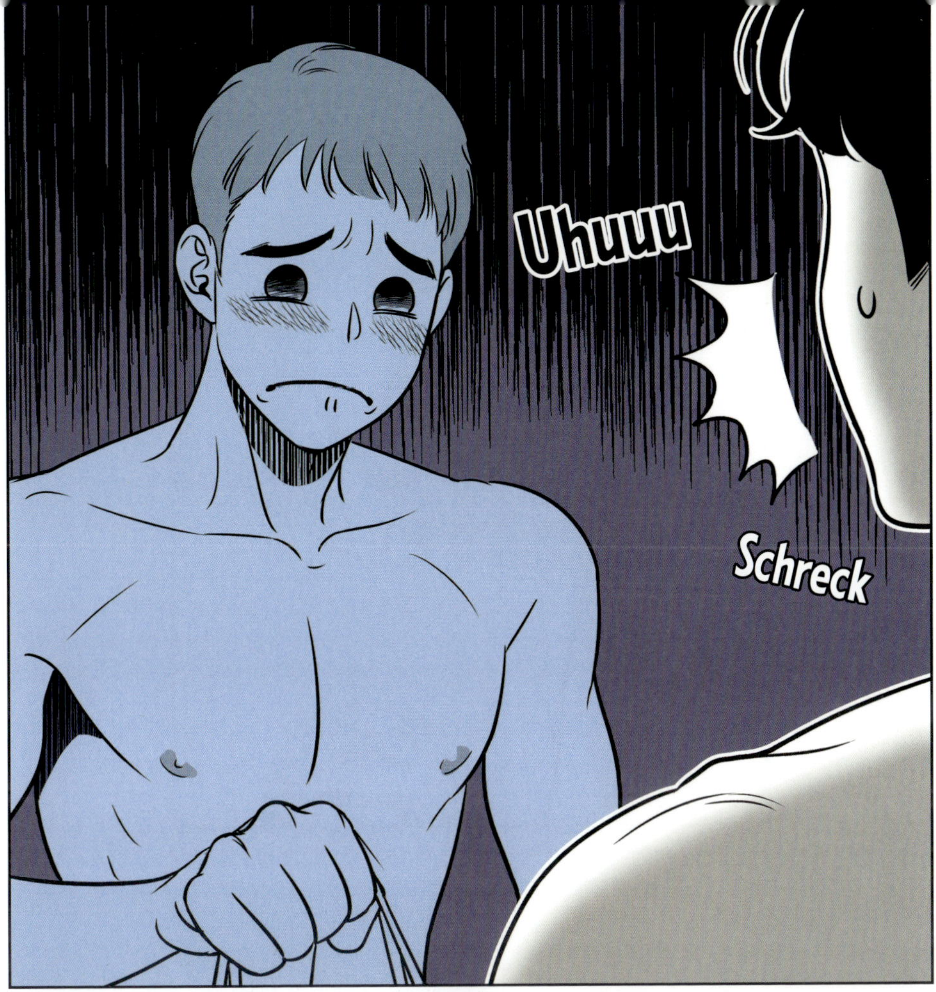
Uhuuu
Schreck

Komm gut nach Hause ...
Uuuuuh

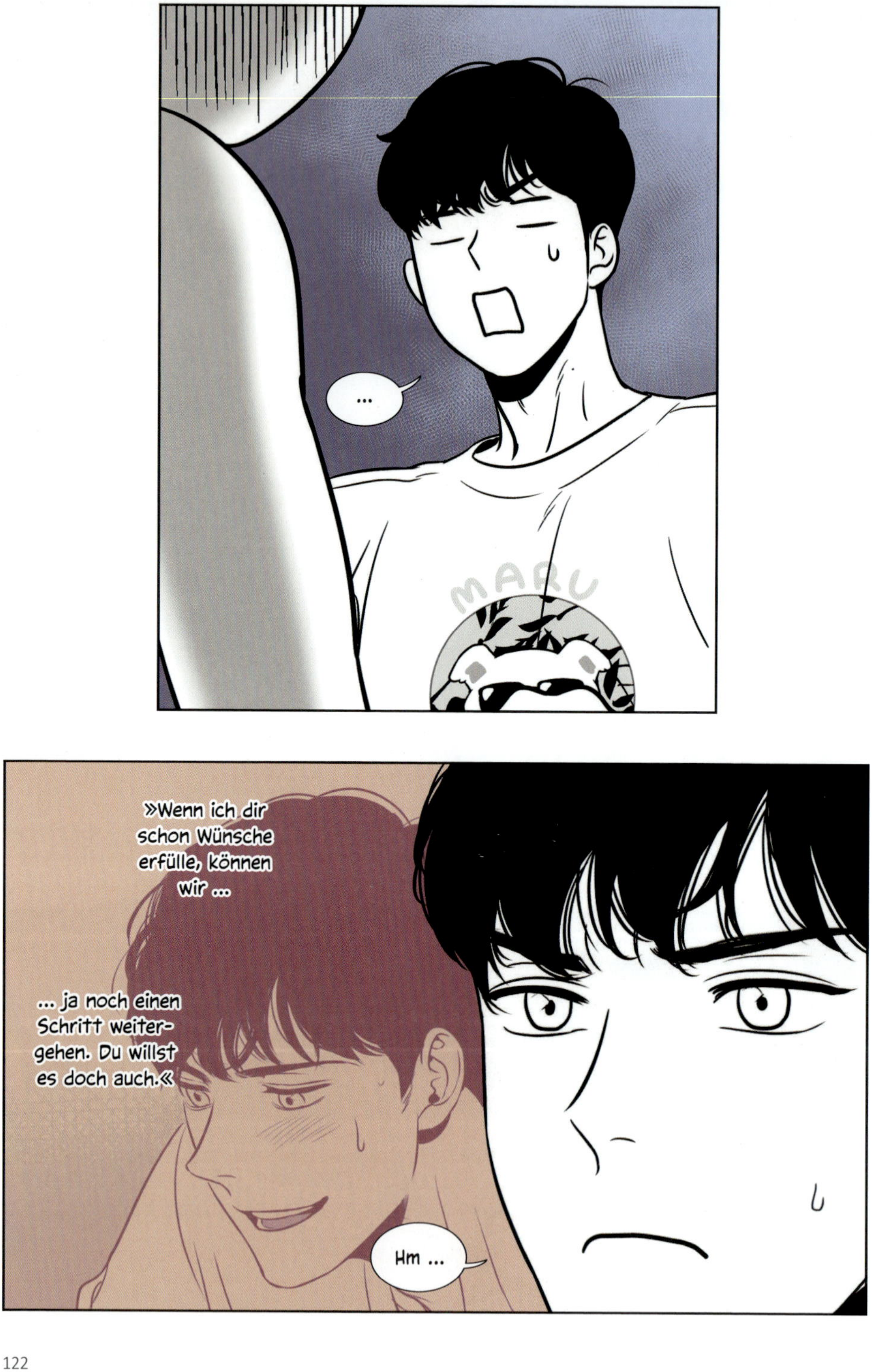
...
MARU
»Wenn ich dir schon Wünsche erfülle, können wir ...
... ja noch einen Schritt weiter-gehen. Du willst es doch auch.«
Hm ...

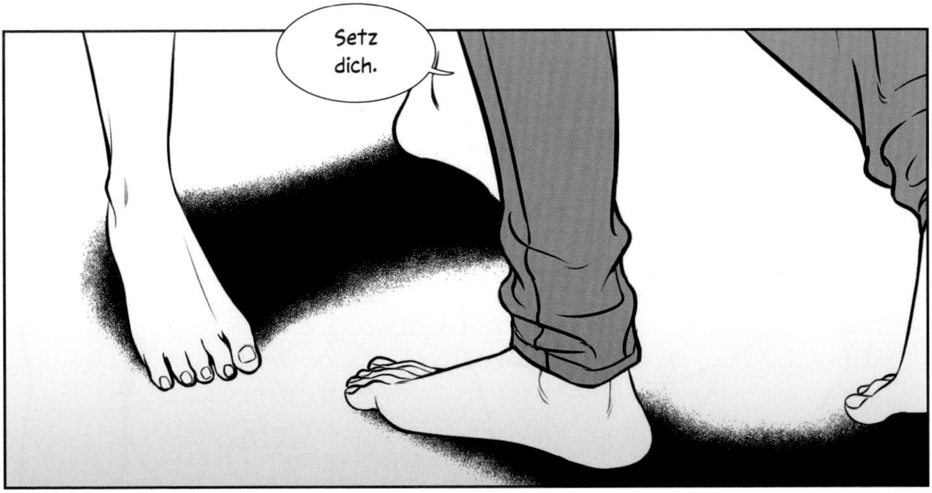
Setz dich.

Was ...?
Bwapp

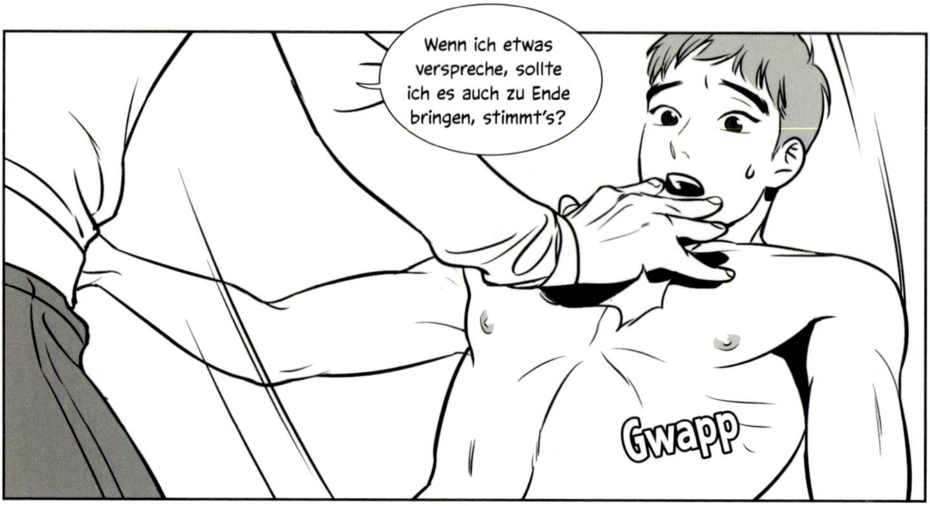
Wenn ich etwas verspreche, sollte ich es auch zu Ende bringen, stimmt's?
Gwapp

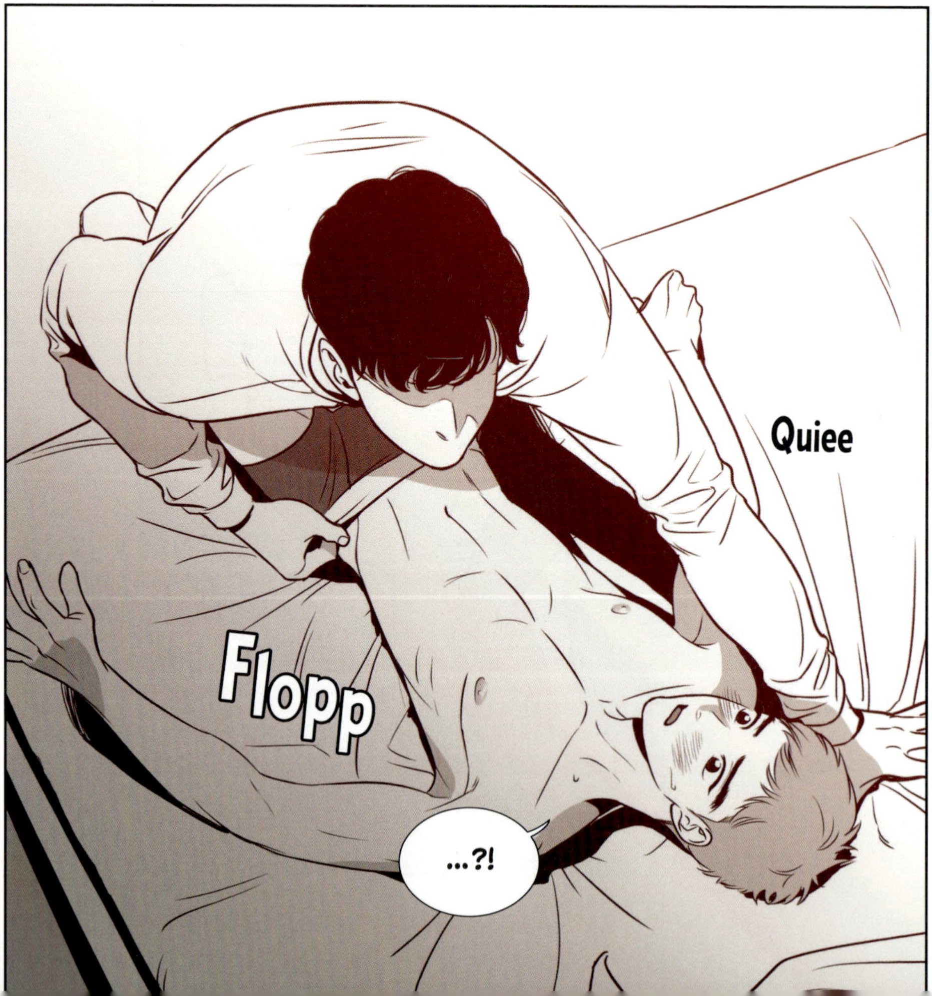
Quiee
Flopp
...?!

Schließlich muss ich mein Wort halten.
Ssst
...!
Was? Nein, ist schon okay!
Du musst das nicht ...
Ah!
Zuck

Slp
Slp
Zuck
Haah
Ah
slk
Agh
Zuck
Ist das auch das erste Mal, dass dich jemand anders berührt? Du gehst ja voll ab.
Zuck
Hngh
Zuck
Ahh
Slp
Slp
Ugh!

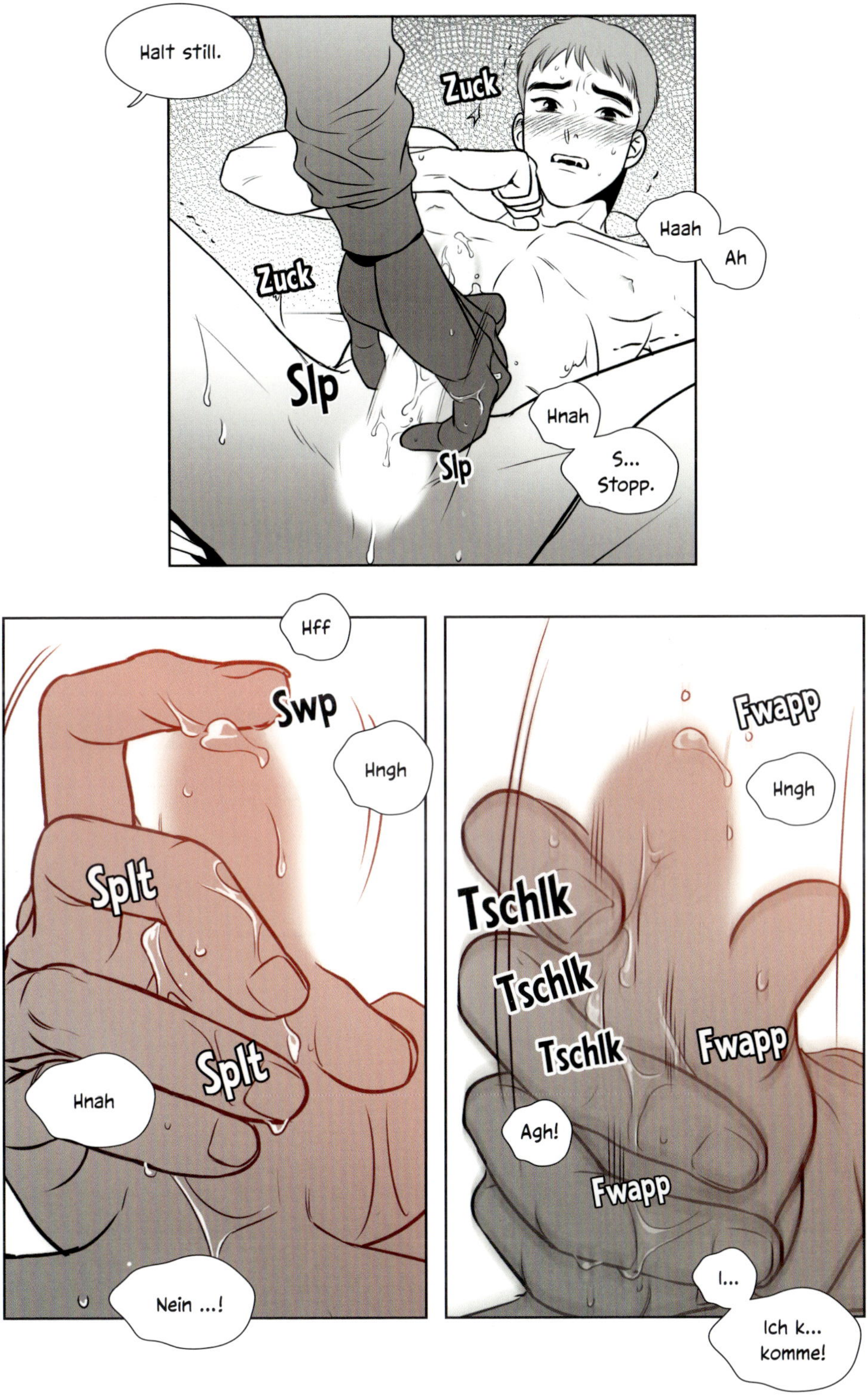
Halt still.
Zuck
Haah
Ah
Zuck
Slp
Hnah
Slp
S... Stopp.
Hff
Swp
Hngh
Splt
Splt
Hnah
Nein ...!
Fwapp
Hngh
Tschlk
Tschlk
Tschlk
Fwapp
Agh!
Fwapp
I...
Ich k... komme!

Haah!
Ah!
Zuck
Splt
Plt
Plt
Zuck
Haaah!
Zuck
Grapp

Tschilp
Tschilp

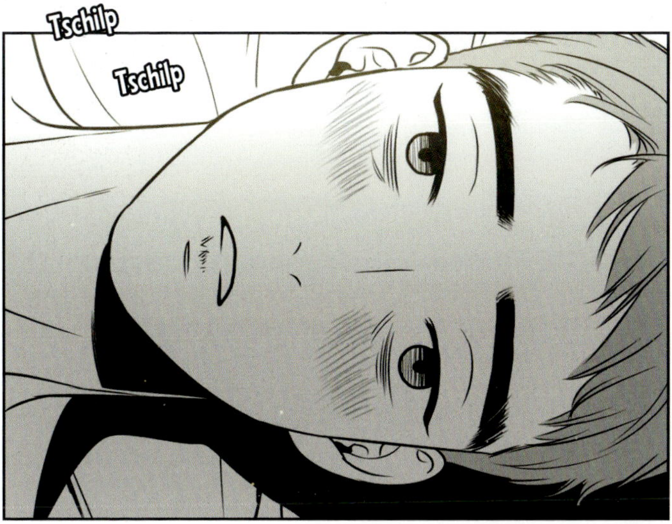
Tschilp
Tschilp

Tschilp
Tschilp
Das war kein Traum ...

BJ Alex

EPISODE

04

BJ ALEX

!
Schweb
Müde
Verkatert
+
übermüdet
+
glücklich
(?)
Schweb
...

Schnell weg hier!
Tapp
Tapp
Schweb
Schweb
Hi hi hi
Das war kein Traum!
Grins
Kritzel
Kritzel
Grins
Dapp
Hi hi
Hi hi

Auch wenn mir die Erinnerung etwas peinlich ist ...
... es war fantastisch.
Waah! Kaum zu glauben, wie mutig ich war!
Fwuaah
Fwuaah
Tapp

Huaaah
Plapper

!!!
Alex, nein ...
Fwuaaah
... Jiwon.
Ah, mir tut alles weh.
Ha ha
Es ist wirklich passiert?
!

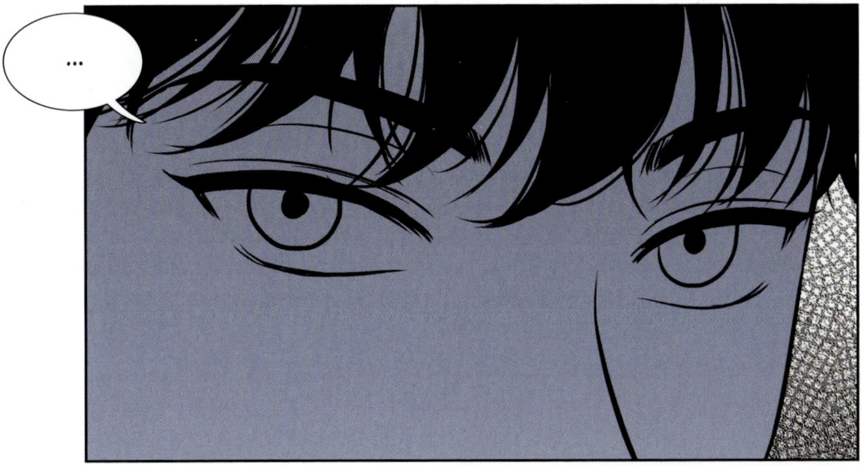
...

Wuuusch

Ah
...

Aber wehe, du quatschst mich in Zukunft an. Du könntest meine Identität verraten.

Stimmt, das habe ich glatt vergessen.
Ich darf mir nicht anmerken lassen, dass ich ihn kenne.
Ey!
Solltest du uns nicht grüßen?! Mehr Respekt, bitte!
...!

...

Wer ist das? Den hab ich noch nie gesehen.
Das ist der Mistkerl, der gestern Abend neben mir gesessen hat.
Ach, er studiert mit uns?
Ein Ersti?

…
Verbeug
Tapp
Tapp
Tapp
Tapp

Tse! Soll das ein Hallo gewesen sein? Was ist denn mit dem los?
Puff
Puff
Kang-Hoon, mobbst du schon wieder einen von den Jüngeren?
Scheint so!
Jetzt ist der echt geflohen. Der Arme!
Was soll ich gemacht haben?!
...

Wollen wir etwas essen gehen?
Tapp
Tapp
Haah
Haah

Ich sollte mir nicht zu viel aus der Sache machen.
Das gestern ... war ein Unfall.

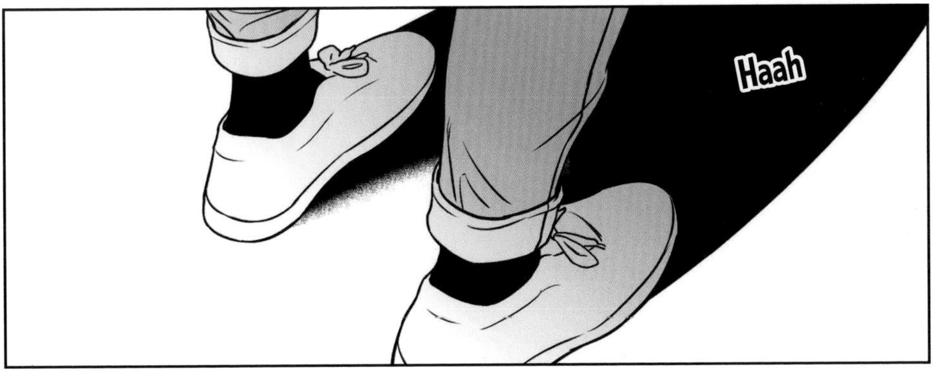
Haah

Das wird
nicht noch
einmal pas-
sieren.
Haah
Haah

CAFE T.

Haach!
...
Klank
Klank
Dong-Gyun.
...
Hast du letzte Nacht wieder durchgemacht? Während du dir zum Stream einen runtergeholt hast?
Schock
!!
Nein!

Chanwoo ...
... was denkst du denn bitte von mir?
Man sieht auf den ersten Blick, dass du total übermüdet bist.
Und du schaust dir doch jeden Tag, wenn du nach Hause kommst, diese Adult-Streams an.
Von deinem geliebten BJ Alex, oder?
Ja ...
Pschhh
Probier doch auch mal was Neues aus. Es gibt noch andere gute Streamer außer Alex.
Soll ich dir welche empfehlen?

Passt schon.

Wie du meinst.
Ich versteh dich ja. Alex ist echt außerge-wöhnlich.

Stille
Wupp
...
Ach!
Ich würde mir auch gerne zusammen mit Alex einen runterholen!
Schock
Hey!
Sei doch still!

Ihr Beide! Hebt euch eure dreckigen Gespräche für nach der Arbeit auf!
Wuah

Grummel
Grummel
Was ist schlimm daran, sich über so etwas zu unterhalten?

Chanwoo ...
Pschhh
... weißt du irgendetwas über Alex?
Was denn?
Na ja ... Du hast doch viele Kontakte. Gibt es irgendwelche Gerüchte?
Hm ...

Alex ...
... ist das wahrscheinlich größte Mysterium der Szene.
Seine Streams sind beliebt, er sieht heiß aus und er soll auch noch gut bestückt sein.
Man munkelt, er wäre ein K-Pop-Trainee, ein berühmter Star oder die Nr. 1 einer Hostbar in Gangnam.
Aber niemand kennt Alex' wirkliche Identität.
Schluck
Manche sagen auch, er sei das Sugar Baby eines CEOs oder dass ein Partner wegen seiner krassen Fetische in die Notaufnahme musste. Über ihn gibt es ...
... echt viele dreckige Gerüchte.
Du auch nicht?
Nein. Seit er mit den Streams begonnen hat, gibt es niemanden, der ihn tatsächlich getroffen hat.
Infos über ihn zu finden ist superschwer. Er scheint sich wirklich perfekt verstecken zu können.

So ist das also ...
Deswegen ist Jiwon also ausgerastet.
Weil ich seine Identität, die er mühevoll versteckt hatte, aufgedeckt habe.
Warum fragst du? Willst du Alex mal treffen?
Schwupp
Hä?
Was?
Was willst du denn mit ihm machen? So etwas?
Perverser Modus
Tschk Tschk
Tschk Tschk
Nein! Geh doch nicht immer direkt von so was aus!
Nicht jeder denkt die ganze Zeit an d... das!

Tu doch nicht so unschuldig, Dongie-Dong! Sei ehrlich!
Du willst es doch tun! Hab ich nicht recht?!
Hä hä hä hä
Tschk Tschk Tschk
...
Na ihr? Immer noch am Quasseln?
Do domm

Soll ich euch euer Plauderstündchen vom Lohn abziehen?
Wamm
Argh!
Bitte nicht!

Klebt doch nicht so aneinander. Chanwoo, komm mit mir mit. Wir räumen das Lager auf.
Dong-Gyun, bleib du bitte an der Kasse.
Warum muss ich immer die Drecksarbeit machen?
Alles klar.

Haah
Palim
Willkommen.
Ihr habt beim Billard verloren, also gebt ihr die Runde aus, oder?
Ja, ja!

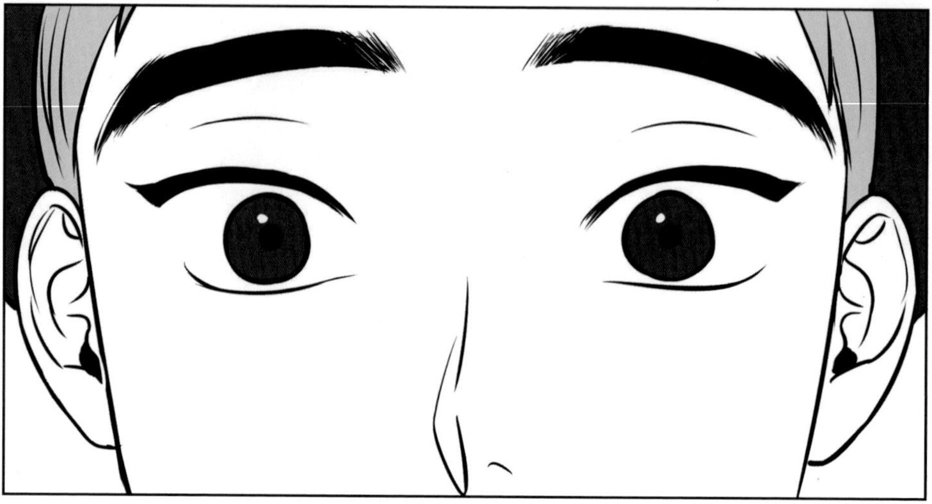

Huch?

Ist das nicht der Mistkerl, der uns vorhin nicht gegrüßt hat?

Da da da
...

BJ Alex

EPISODE

05

BJ ALEX

Ich pack's nicht! Er ist hier!
Schluck
Willkommen.
Oh, sind wir uns nicht vorhin schon über den Weg gelaufen?
Du jobbst hier?

Ja ... genau.
Oh!
Ach so? Dieses Café ist nah an der Uni, also komme ich öfter her. Wieso ist mir nie aufgefallen, dass du das bist?
Wir sollten hier öfter nach unseren Meetings herkommen.
Kriegen wir so was wie einen Freundschaftsrabatt? So unter uns Kommilitonen.
Irgendein leckeres Gebäck vielleicht?
Ey, das wird ihm doch nur vom Lohn abgezogen.
Ha ha
Nein, schon gut. Habt ihr euch entschieden?

Ey!
Als Studenten von der Fachschaft ignorierst du uns, aber kaum sind wir als Kunden hier, bist du plötzlich ganz nett, was?
Verdammt unfreund-lich.
Sorry.
Schon wieder ein Streit?
Spuck ihm aus Rache einfach in den Kaffee.
Grrr!
Was?! Das wagst du nicht!
Schreck
Was, nein! Das würde ich nie tun!
Wedel
Wedel
Versuch ruhig da reinzuspucken und ich melde es deinem Chef!
Ah, kann ich ein Stück von der Torte da aufs Haus haben?
Bitte be-stellt doch endlich ...

Für mich bitte einen Iced Americano.
Tapp

Mit einem extra Shot Espresso.
Strahl

Fwuaah
Gerne.

Das geht diesmal alles auf mich.
Echt? Wie nett von dir!
Sucht euch was aus. Die Leute hinter uns warten schon.
Für mich auch einen Ameri-cano, aber einen normalen.
Für mich einen Caffè Latte.
...
Ich will eine Eisscho-kolade.
Hmpf
Ignorier seine Bestel-lung einfach.
Was?

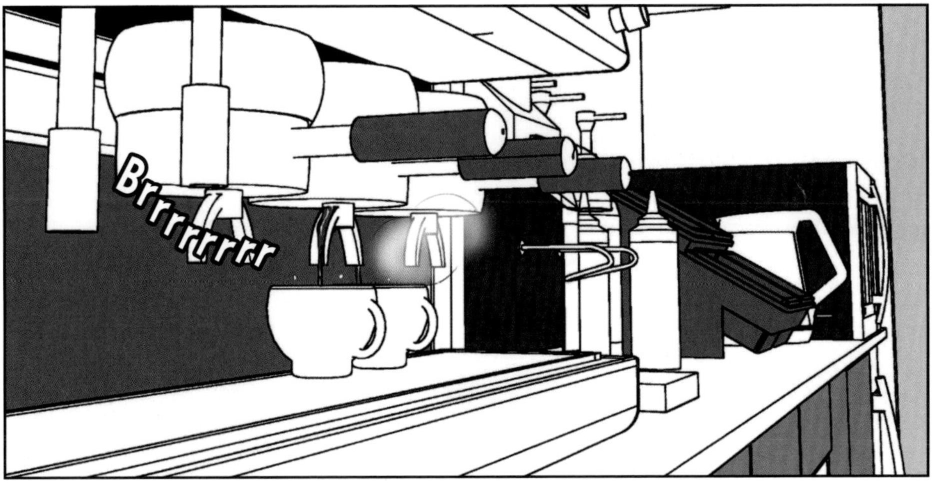
Brrrrrrrr

Ich dachte, als Außenseiter wäre es kein Problem, in der Nähe der Uni zu arbeiten, aber jetzt ...
... ist es doch so weit gekommen.
Schwwww

Bssssss
Ich hol das schon!
Bleib doch sitzen. Du hast bereits für uns bezahlt.
Ach was.
Jiwon Ahn! Dieser Mistkerl ist echt bis hin zu seinem Charakter perfekt.
Mhm
Eure Getränke sind fertig.

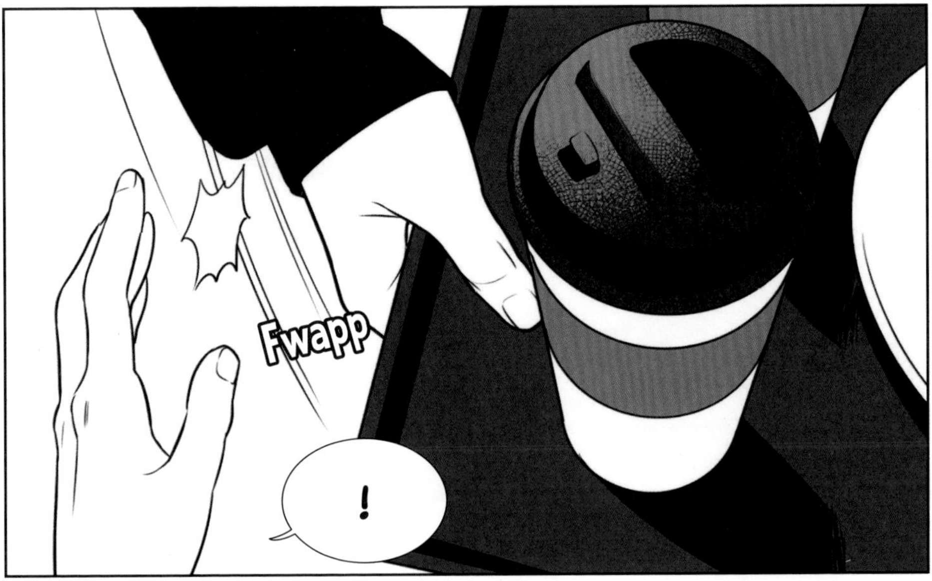
Fwapp
!

Tapp
Tapp

...

Jiwon, kannst du in meinen Kaffee noch etwas Sirup reinmachen?
Stopp
!

Na klar!

Ich kann das für dich machen!
...!

Kommt ihr oft hierher?
Habe ich dir erlaubt mit mir zu reden?

Argh!
Nein ...
Dröpp
Bitte schön.
Zöger
Zöger
...?
Ähm, wann ...
... bekomme ich mein Shirt zurück?

Welches Shirt?
Ah ...
MARU
Wuff
Das ist eins meiner Lieblings-oberteile ...
...
Ich bring's dir bald.

Über
was habt ihr
geredet?
Ach ...
Nichts Be-
sonderes.

Uff! Ich bin komplett erledigt ...
Den ganzen Tag Vorlesungen und Jobben, obwohl ich die Nacht durchgemacht habe ...
Urgh

Heute konnte ich ihn sowohl als Jiwon als auch als Alex sehen.
Bei dem Wechsel habe ich immer das Gefühl, als würde ein ganz anderer Mensch vor mir stehen.
Ich frage mich, wer von den beiden der Echte ist?

...
Plopp
Allein der Gedanke an sein Gesicht reicht aus, um mich auf Touren zu bringen!
Hach, Mann!
Tschack
Sssk
Früher konnte ich mir Alex' Gesicht nicht vorstellen ...
... aber jetzt kenne ich es.

Slp
Slp
Slp
Haah
Hah
Slk
Slk

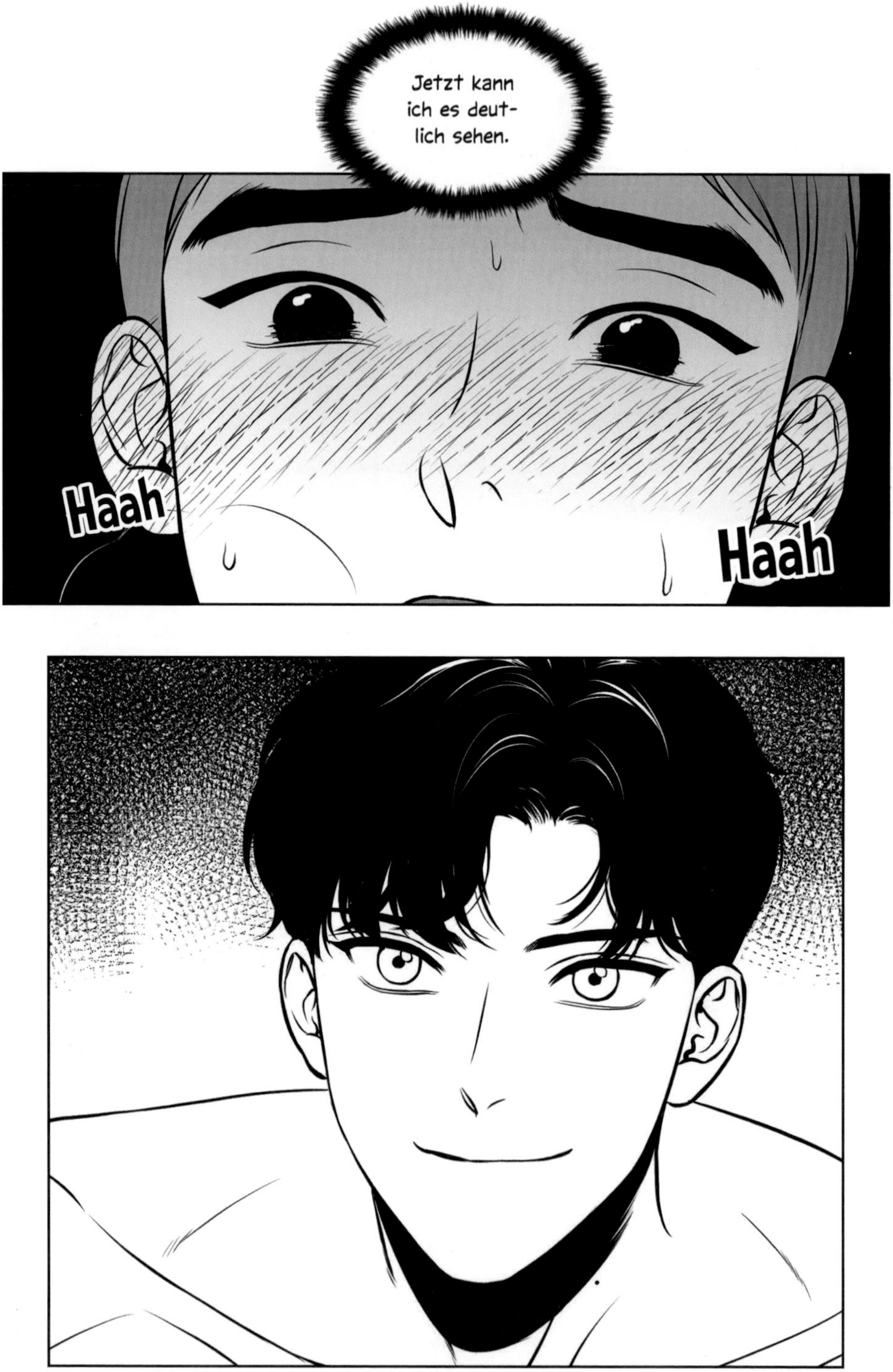
Jetzt kann ich es deutlich sehen.
Haah
Haah

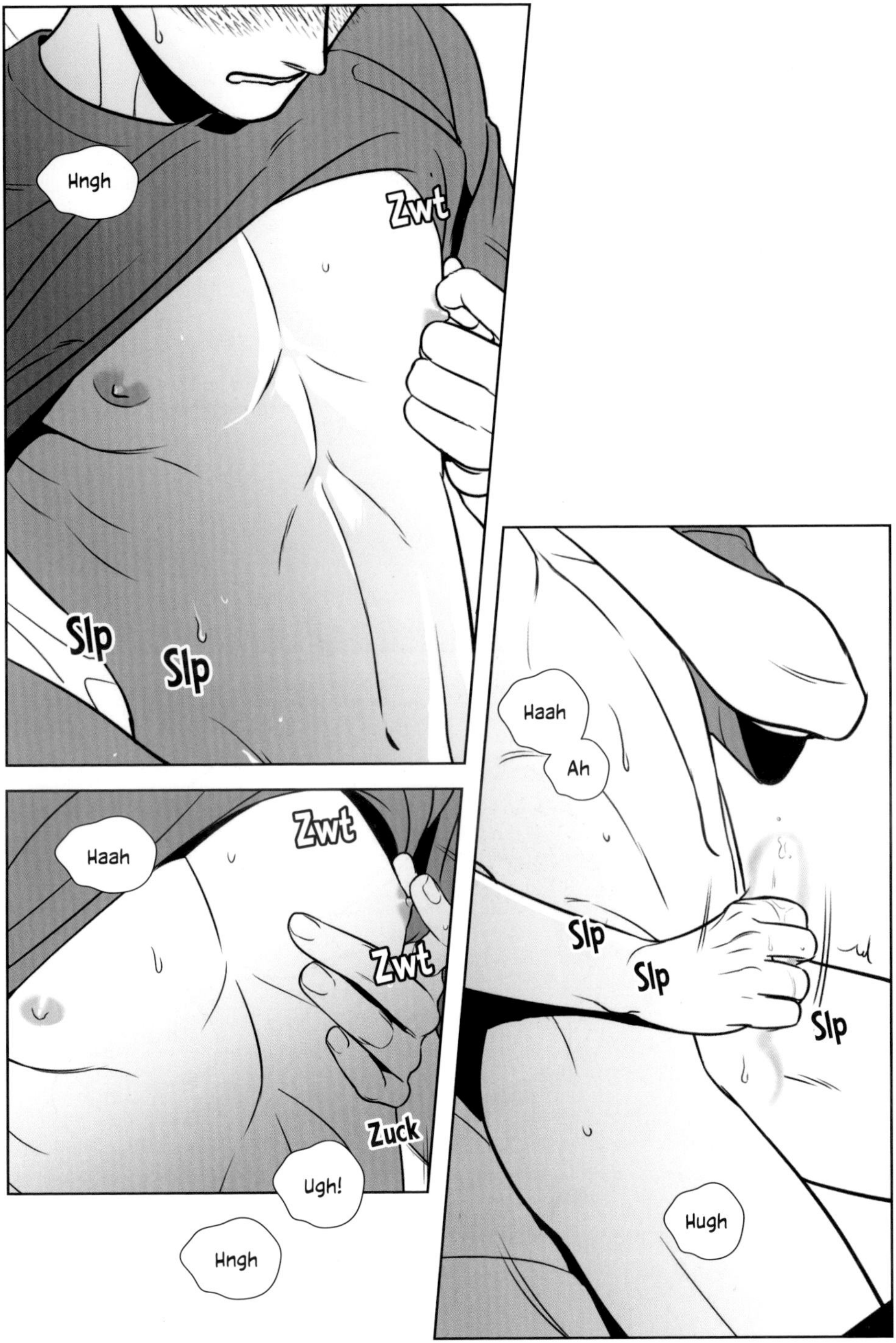
Hngh
Zwt
Slp
Slp
Haah
Ah
Slp
Slp
Slp
Hugh
Haah
Zwt
Zwt
Zuck
Ugh!
Hngh

Mir ist fast, als könnte ich ihn spüren ...
Ah!
Hngh
Slp
Hnah
Ungh
Slp
Zuck
Zuck

Zuck
Tropf
Ugh!
Tropf
Haah
Das war nach einer schlaflosen Nacht keine gute Idee …
Swt Swt

Tu doch nicht so unschuldig, Dongie-Dong! Sei ehrlich!
Du willst es doch tun! Hab ich nicht recht?
Natürlich ...
... will ich das ...
Ich will ... das auch ...
... mnh ...
Zzzzzz

MARU
Haah

EPISODE

06

BJ ALEX

Um anderen stets nur meine Schokoladenseite zu zeigen ...
... habe ich an diesem Tag wie immer mein Bestes gegeben.
Dong-Gyun, wie viel hast du getrunken?
Jaaa ...
Wo wohnst du? Ich bring dich nach Hause.
Jaa ...

Und was war das Ergebnis?
Du bist BJ Alex, oder?
Grooh
Ich habe eine tickende Zeitbombe erschaffen.

Dass ausgerechnet so eine dumme Trantüte mich erkannt hat! Unmöglich!
Ausge-rechnet ...

... bei ihm konnte ich mich nicht zurückhalten.

Warum habe ich das getan? Ich war sicher nur notgeil, weil das letzte Mal so lange her ist.
Also echt, Jiwon ...
Haah

Wie unangenehm, ihm auf dem Campus ständig zu begegnen.
Am besten, ich bringe das mit dem scheußlichen Shirt gleich hinter mich.
Dong-Gyun Nam
Komm morgen an die Uni. Ich bring dir dein Shirt mit.
Senden
Ping
Das ging schnell.
Dong-Gyun Nam
Oh!
Oh wow!!
Hallo Jiwon! Voll nett, dass du dich meldest!!
Ich bin nur morgen leider nicht an der Uni ..
Bin bis Montag bei meinen Eltern.
Tut mir leid!!
Echt jetzt?!
Fwupp
Dopp

Brrrrt
21:45
15 Minuten bis zum Stream
Schlummern
Stopp
21:45
15 Minuten bis zum Stream
Schlummern
Stopp
Brrrt
Schon so spät?
Quieee

Wupp
Stream starten
Klick

Alex♡lolol schaut jetzt zu.
LinaM schaut jetzt zu.
Hweeun schaut jetzt zu.
schaut jetzt zu.
NamHoLove
MilkyTarget schaut jetzt zu.
Swuuusch
Hallo!
Ich bin BJ Alex.
Chestnuts schenken
kaufen Vollbild
ive] BJ Alex ♥ Top Camboy Stream 18+
Hallo!
Es geht los!
Alex, ich hab dich vermisst!
Hi Alex!
Alex ist live.
Er ist live!
Los geht's!

GoblinPantys hat
119 Chestnuts geschenkt.
100
Alex♡Check hat
100 Chestnuts geschenkt.
500
So muss das sein.

00 24
Die richtige Show startet in fünf Minuten.
Passt auf, dass ihr alleine seid.
Mein heutiges Motto ist ein Sportstudent mit einem klasse Körper und klasse Ausdauer.
18
Klick
Klick
Gut. Alles ist vorbe-reitet.

Ssk

Starr

Grapp

Fwupp
Fwupp
Slp
Slp
Slp
Slp
Huch?!
Slk
Slk
Slk
Flopp

Warum werde ich nicht hart?

Probieren wir schnell was anderes.
Slp
Slp
Slk
Slk

Slk
Slk

Slp
Slp
Slp
Slp

Flopp

Dadamm
Was soll das?!

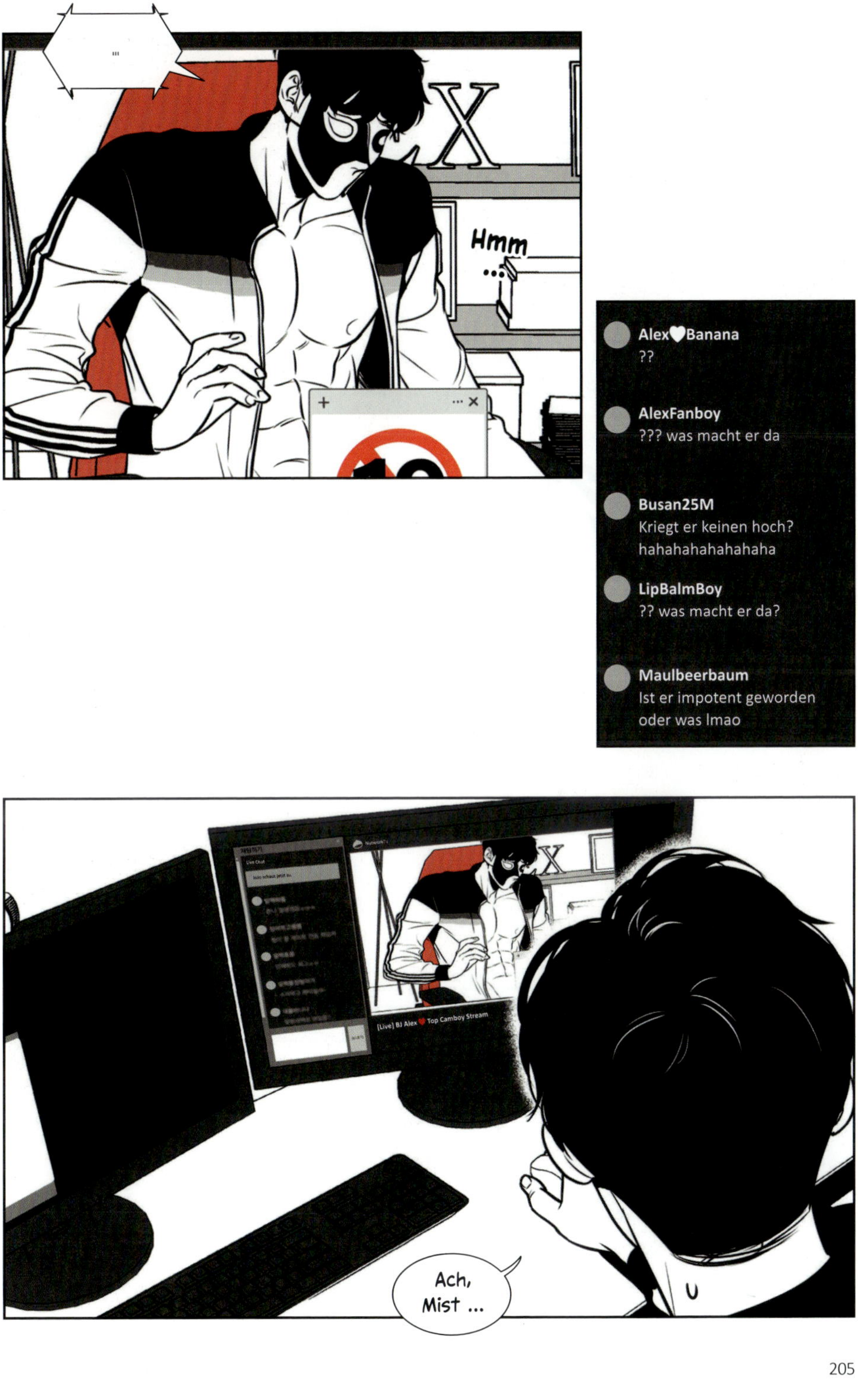
Hmm
...
Alex♥Banana
??
AlexFanboy
??? was macht er da
Busan25M
Kriegt er keinen hoch?
hahahahahahahaha
LipBalmBoy
?? was macht er da?
Maulbeerbaum
Ist er impotent geworden
oder was lmao
[Live] BJ Alex ♥ Top Camboy Stream
Ach,
Mist ...

Dann eben aus dem Gedächtnis.
Slp
Slp
Slp
Slp
Komm schon, denk nach ...
Slp
Slp
Slp
... was macht dich am meisten an?
Wusch
Haah
Haah

!!!

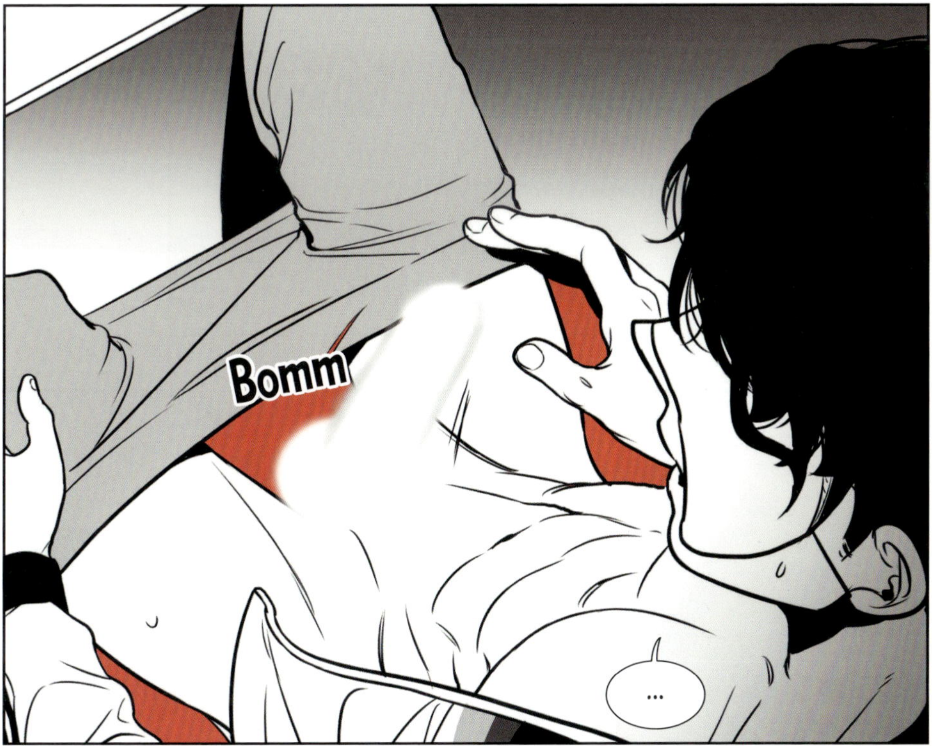
Bomm
...

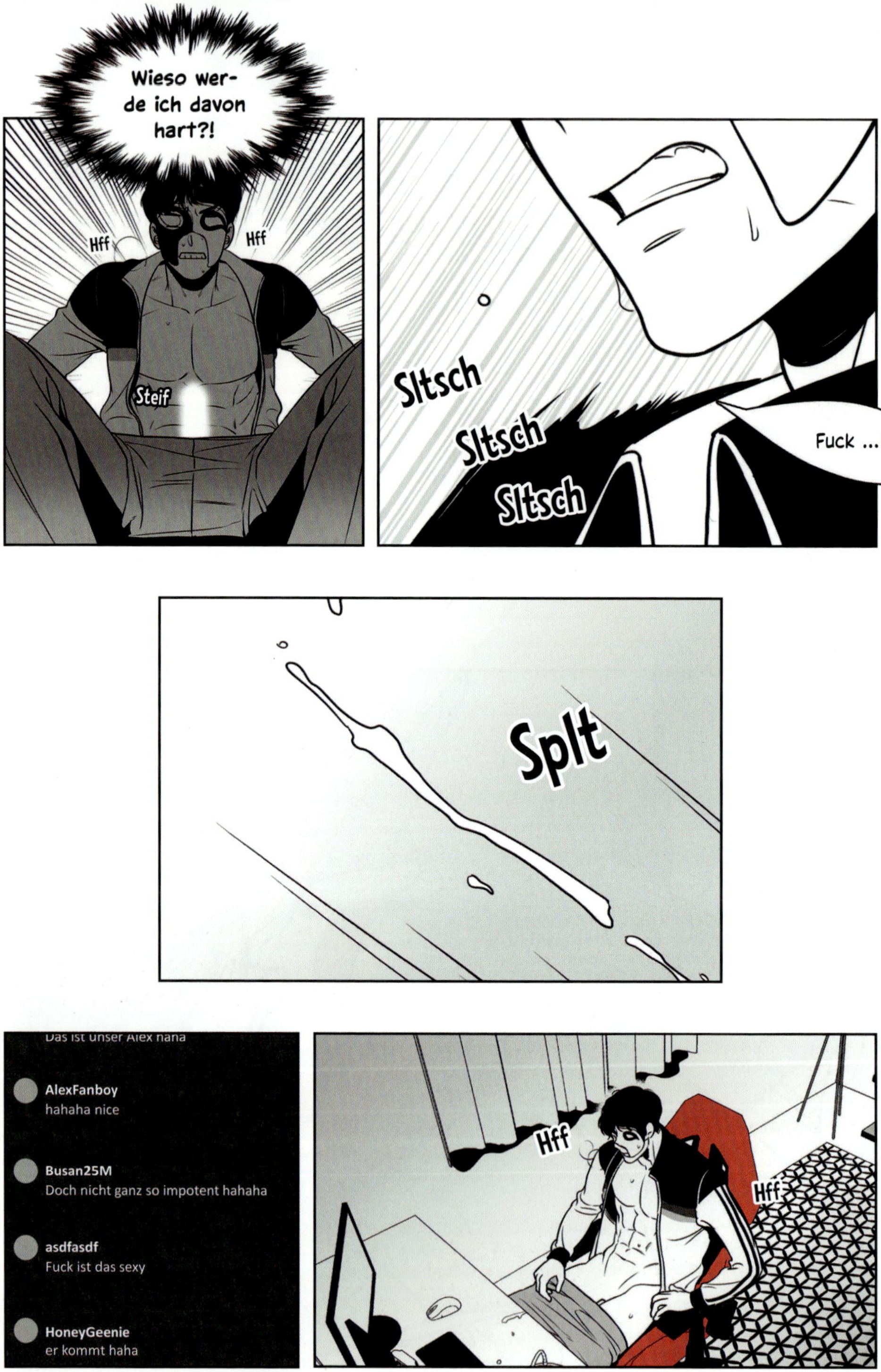
Wieso werde ich davon hart?!
Hff
Hff
Steif
Sltsch
Sltsch
Sltsch
Fuck ...!
Splt
Das ist unser Alex haha
AlexFanboy
hahaha nice
Busan25M
Doch nicht ganz so impotent hahaha
asdfasdf
Fuck ist das sexy
HoneyGeenie
er kommt haha
Hff
Hff

Das kann nicht sein ...
Haah
Haah
Warum kriege ich einen Steifen, wenn ich an ihn denke?!
Heute ist einfach kein guter Tag für mich. Morgen geht's mir bestimmt besser.
Morgen ...
Slp
Slp
Slp
Slk
Slk
Slk
Slk
Morgen ...

... geht's mir bestimmt ...
Floopp
Haaaah
Haah
Haah
Haah
Ahh

Bomm
...
_ □ X
BJ Alex hat
diesen Stream beendet.
»Bis morgen ♥«
Fuck!
Klatter

Haah
Haah
Wie lange soll das noch weitergehen?
So kann ich nicht streamen.
Klacker
Vielleicht bin ich einfach frustriert, weil ich es so lange nicht mehr getan habe.
Ich sollte mit irgendwem schlafen, um den Kopf frei zu kriegen.
Wupp
Aber mit wem? Einfach schnell mit irgendwem? Nein, das wäre zu gefährlich.
Dann ... mit ihm?

Niemals!
Er ist ein Kommilitone, kompletter Anfänger, was Sex angeht, und das Schlimmste, ein Zuschauer.
Ugh!
Das ist eine Scheißidee!
Was soll ich nur machen?

Was immer es auch ist ...
... es muss mich richtig befriedigen.

BJ Alex

EPISODE

07

BJ ALEX

Einige Tage später
Klacker
Klack
Klack

Jetzt bin ich wohl wieder nichts weiter als einer von vielen Zuschauern.
Und auch an der Uni kann ich nicht auf ihn zugehen.
Ach, was hab ich denn erwartet?
Schluck
Haah
Aber wenn ich nur ein normaler Zuschauer bin ...
... kann ich doch wieder seine Streams schauen, oder?

NutworkTV Das Nr. 1 Gay
BJ-Ranking
Klick
1. BJ Alex
2. BJ MD
Huch?
※ Mitteilung
Verfasser: BJ Alex
Ankündigung Pause
Hallo. Ich bin BJ Alex. Aus persönlichen Gründen
werde ich bei meinen Streams eine Woche Pause einlegen.
Ab dem XX.XX. um 22 Uhr bin ich wieder zurück.
Hä? Eine Pause?!

Eine ganze Woche hat er noch nie ausgesetzt.
Was ist nur los?
Kommentare 306
AlexFanboy
Warum begründet er das nicht mal? Was soll das
Alex ♥ CuteDevil
Dabei hatte ich mich so auf den Stream heute gefreut :(Komm bald wieder ♥
StrongMan
Was will der denn? Der verarscht seine Zuschauer doch total!! Wofür muss der
Diding
...!!
20:45
Sonntag, XX. März
KakaoTalk
Gerade eben
Jiwon: Ey, du kommst doch morgen zur Uni, oder? Treffen wir uns in dem Café, in dem du arbeitest. Ich geb dir deine Sachen zurück.

CAFE T.K
Huaaah

Quiee

Hallo!

Dongie-Dong! Du hast heute doch gar keine Schicht. Was ist los?
Huch! Dong-Gyun ist da?
Ach, ich bin hier mit jemandem verabredet.

Na so was? Alles klar! Was willst du trinken?
Einen Iced Caffè Mocha.
Perfekt! Ich mache dir den besten Kaffee deines Lebens!
Ich pack für dich auch einen Berg Sahne drauf!

Chanwoo! Weißt du eigentlich, wie viel Sahne du kostenlos aus-gibst?
Ach, das kann doch gar nicht so viel sein, Chef!
Die ist teuer!
Motz
Motz
Hach …
Swusch
Swusch
Kling
Kling
Wer hätte gedacht, dass unser Dongie-Dong auch mal wen hierher mitbringt!
Ich dachte schon, ich wäre sein einziger Freund!
Schnief
Dong-Gyun ist hier der Normale. Hör endlich auf, andauernd deine Freunde anzu-schleppen.

Aber wen könnte er nur treffen?
Ein Date?!
Ooh
Ooh
Ach was! Dong-Gyun ist doch nicht so einer!
Ha ha
Komm schon. Bestimmt hat er eine Verabredung!
Er ist doch ganz süß!
Tapp
Willkom...

Wooaaaah

Einen Americano bitte.
Blink
Blink

D... Das macht 4000* Won!
Woaaah
Wahnsinn ...
Aaah

* Ca. 2,90 €.

Ah!
Jiwon, hier drüben!
!
Schreck
...!!

Bringt die Getränke einfach zusammen, wenn sie fertig sind.
Strahl
G... Gerne!

...
Alter Falter!

Mann, der sieht ja gut aus! Ich hätte fast ge-dacht, der wäre ein Star!
Meine Güte!
Wenn Dong-Gyun so jemanden kennt, hätte er ihn mir doch vorstellen müssen?!
Schnaub
Der ist genau mein Typ!
Fasziniert
Wären wir besser woan-dershin ...
Hier.
!
Ich hab's auch gewaschen.

Danke schön ...
Du kannst meinen Kaffee haben. Ich gehe jetzt.
M... Moment!
...!

W... Wie läuft es eigentlich mit deinen Streams?
Ich hab gesehen, du machst eine Pause ...?
Wieso sollte ich ausgerechnet dir das erzählen?
Ich war nur neugierig ... so als Zuschauer.
Weil du die Auszeit so plötzlich und ohne irgendeinen Grund angekündigt hast.
Ich dachte, vielleicht ist etwas passiert, das dich vom Streamen abhält?
...

»Ohne an dich zu denken, kriege ich keinen mehr hoch!«
Das kann ich ihm doch nicht direkt sagen.
Hmm ...
Ich habe einfach so etwas wie eine Krise ...
!
Eine Krise? Ach so ...

...
Wie kam es denn dazu?
Was geht dich das an?
Bitte schön!
Schreck
Schreck
Wamm

Normalerweise müssen Gäste das selber abholen ...
... aber da Dong-Gyun hier arbeitet, bekommt ihr einen Extraservice!
Das Honigbrot geht auf unsere Chefin!
Strahl
Strahl
Lasst es euch schmecken!
D... Danke.
Viel ...
... Er...
...folg!
Ooh
Grins
???
Anstren-gend, der Kerl.
Wir sind Freunde und hatten uns damals gemeinsam hier be-worben. Iss ruhig, Jiwon.
Nee, mach du mal.

Ähm ... Bist du sicher, dass du nichts möchtest?
Mach, was du willst.
Dann hau ich mal rein!
Ich war nämlich so aufgeregt, dich zu treffen, dass ich gar keinen Bissen runterbekommen habe.
Mampf Mampf
...

Hör mal ...
... ich weiß zwar nicht, wie es zu deiner Krise kam ...
... aber ich bin ein großer Fan von dir und verfolge deine Streams schon ewig.
Wenn ich dir irgendwie helfen kann, mach ich das gerne.
Lächel
...
Passt schon.

...!
Mmh
S... Sorry, dass ich mich hier so einsaue!
Schmatz
Schmatz

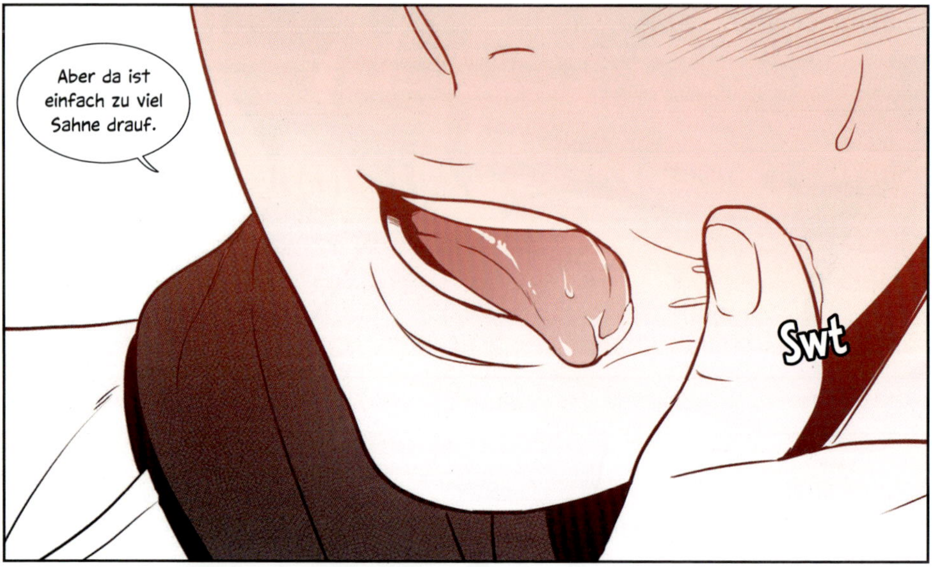

* Aus Jiwons angetörnter Sicht.

Ah, ich hab wohl echt keine Manieren.
Haah
Dass ich wegen ihm eine Pause einlegen muss ...
Beul
Meintest du vorhin nicht, du wolltest gehen, bevor der Kaffee kommt?
Ich kann gerade nicht weg.
??

Fahr vorsichtig.
Verbeug
Wrooomm
Hatte er es nicht sogar gewaschen?
Grusch
Das ist doch jetzt viel zu schade zum Tragen ...
Hi hi

Wrooomm
Eigentlich wollte ich ihm nur seine Sachen zurückgeben und das endlich beenden.

Lass mich dir helfen!
Hmpf
Quieee

…
Es gibt nur einen Weg.
Hmpf

BJ Alex

E P I S O D E

08

B J A L E X

花香
Chinese restaura
Willkommen, haben Sie eine Reservierung?
Ja.
Auf welchen Namen?
Jiwon Ahn.
Verstanden. Folgen Sie mir.
Wieso hat er mich bloß aus dem Nichts heraus herbestellt?
Eigentlich wurde doch schon alles gesagt ...

Wenn wir uns weiterhin nur zu zweit treffen ...
Ha ha ... spielt meine Fantasie noch verrückt!
Träum
Träum
Klatter
Hier, in Raum 8.

Da bist
du ja.

Hallo ...!
Fwuaah

Das ist das erste Mal, dass ich in so einem teuren Restaurant bin.
Selbst einge-legter Rettich muss hier ein Vermögen kosten.
Bringen Sie uns bitte das, was ich vorhin bestellt habe.
Alles klar.

Ach ...
... und eine Flasche Kaoliang, bitte.
Gerne.
Wow, Schnaps!
Bist du heute nicht mit dem Auto gekommen?
Der ist ja auch für dich.
Was?!

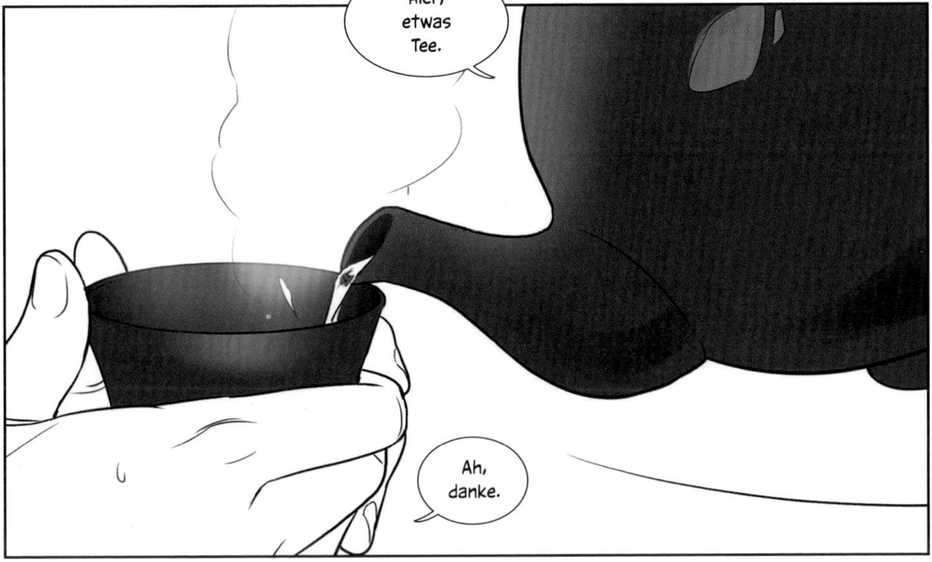
Hier, etwas Tee.
Ah, danke.

...
Schlürf

Nun, äh ... Warum wolltest du mich heute sehen?
Du hattest das letzte Mal doch gefragt ...
... warum ich eine Krise habe.
Das liegt daran, dass ich in letzter Zeit keinen Sex hatte.

Schoooock
!!!

Ein Kernaspekt meiner Streams sind meine Storys. Aber mir fehlt langsam einfach das Material dafür.
Ich würde ja gerne Sex haben, aber das kann ich in meiner Position nicht mit irgendwem machen.
Haah

Falls rauskommt, dass ich Alex bin, habe ich ein Problem.
Schreck

Aha ... Ja, stimmt.
Nick
Nick

Ha ha ha
Fwuaaaaah
Ach so …
Deshalb …
… musst du mir helfen.

...?
Hä? Bei was ...?
Scheiße, warum bist du so schwer von Begriff?
Gwwwt
Hab Sex mit mir.

Was ...?
Waaaaaas?!

Klatter
Ich bringe Ihr E...
S...S...S...
... Sex?!
Schreck
...
Stellen Sie es ein-fach hin.
Zamm
Alles klar.
Fschhhh
Und deshalb habe ich ein Sepa-ree reserviert.

Nein ...! Ich meine, das kommt alles so plötzlich.
Es geht ja auch um mein erstes Mal ...
Fwuaah
Dass du mit mir ... Ich meine, so ...
Ich hätte auch nicht gedacht, dass ich dich jemals so etwas fragen würde.

Aber wenn man die Gesamtsituation betrachtet ...
... bist du das geringste Übel.
...?
Also, was denkst du?
Du wärst der einzige Zuschauer, der BJ Alex so nahestünde.

Swt
Der einzige ...
»Lass stecken.
Ich hab keinen Bock, dein erstes Mal zu sein.«
...!

Aber ...
... du meintest doch, du möchtest es nicht mit Jungfrauen machen.

Stimmt, das wäre dein erstes Mal.
Aber das mit dem Streamer zu haben, den du so gerne magst ...
... müsste doch wie ein Traum für dich sein.

Ich bin immer noch nicht begeistert von der Situation.

Deswegen muss ich eins klarstellen.

Glaub nicht, wir wären zusammen. Und verlieb dich nicht in mich.
...!!

Komm nicht auf den Gedanken: »Vielleicht werden wir ja doch noch ein Paar«. Werden wir nicht.
Solche Beziehungen hasse ich am meisten.
Und schreib dem keine Bedeutung zu, nur weil es dein erstes Mal ist.
Wir werden einfach nur Fuckbuddys, verstanden?
Also nur eine rein körperliche Beziehung ...

Was wäre ...
... wenn ich ablehne?
Wenn du ablehnst?
Das darf nicht sein! Ohne dich kriege ich keinen hoch!
Dann müsste ich mir wohl jemand anders suchen.
Schreck
!

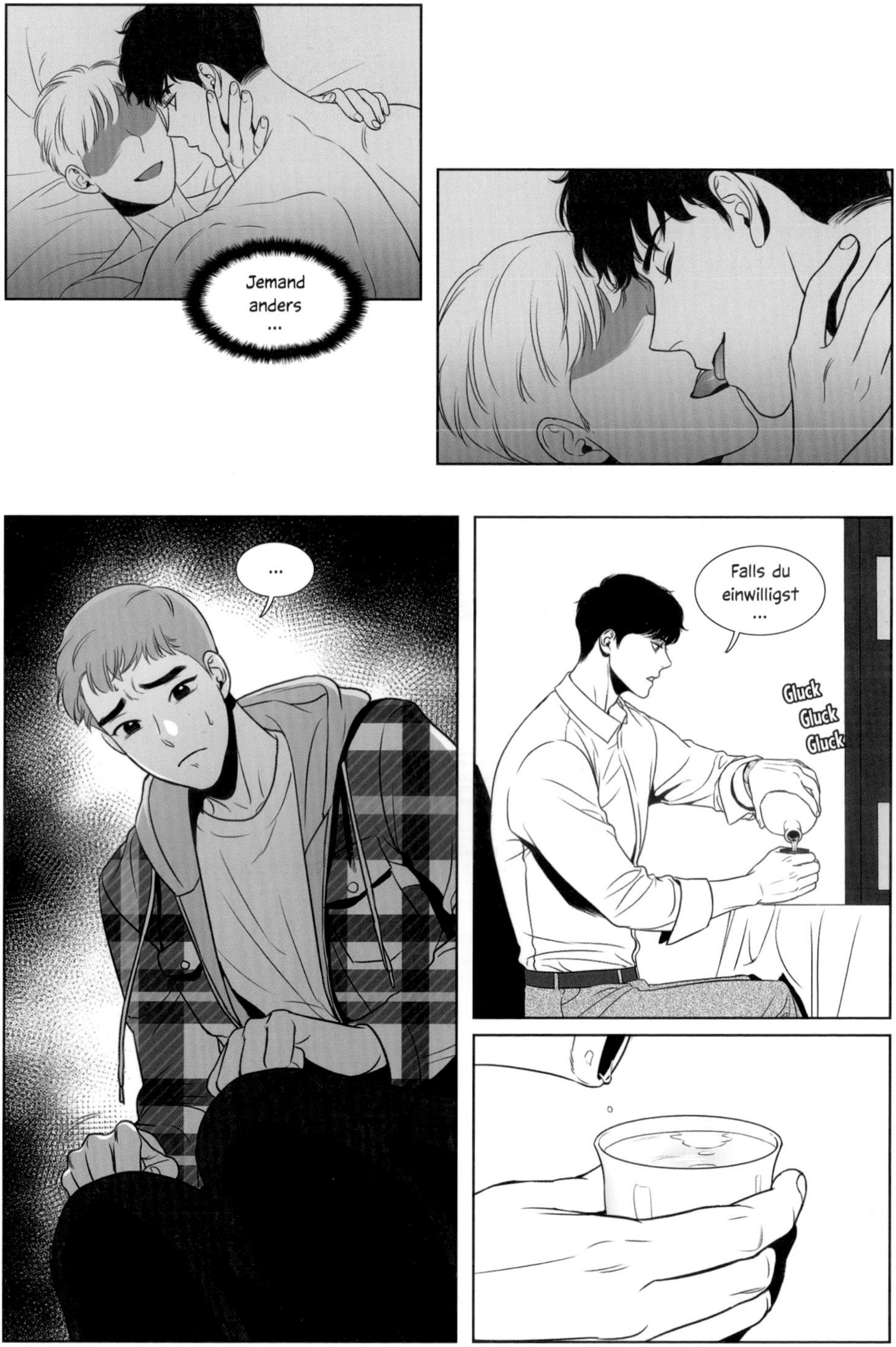
Jemand anders ...
...
Falls du einwilligst ...
Gluck
Gluck
Gluck

... trink das.
Wenn nicht, dann nicht.
...!!

Wie sieht's aus?
...

BJ Alex

EPISODE

09

BJ ALEX

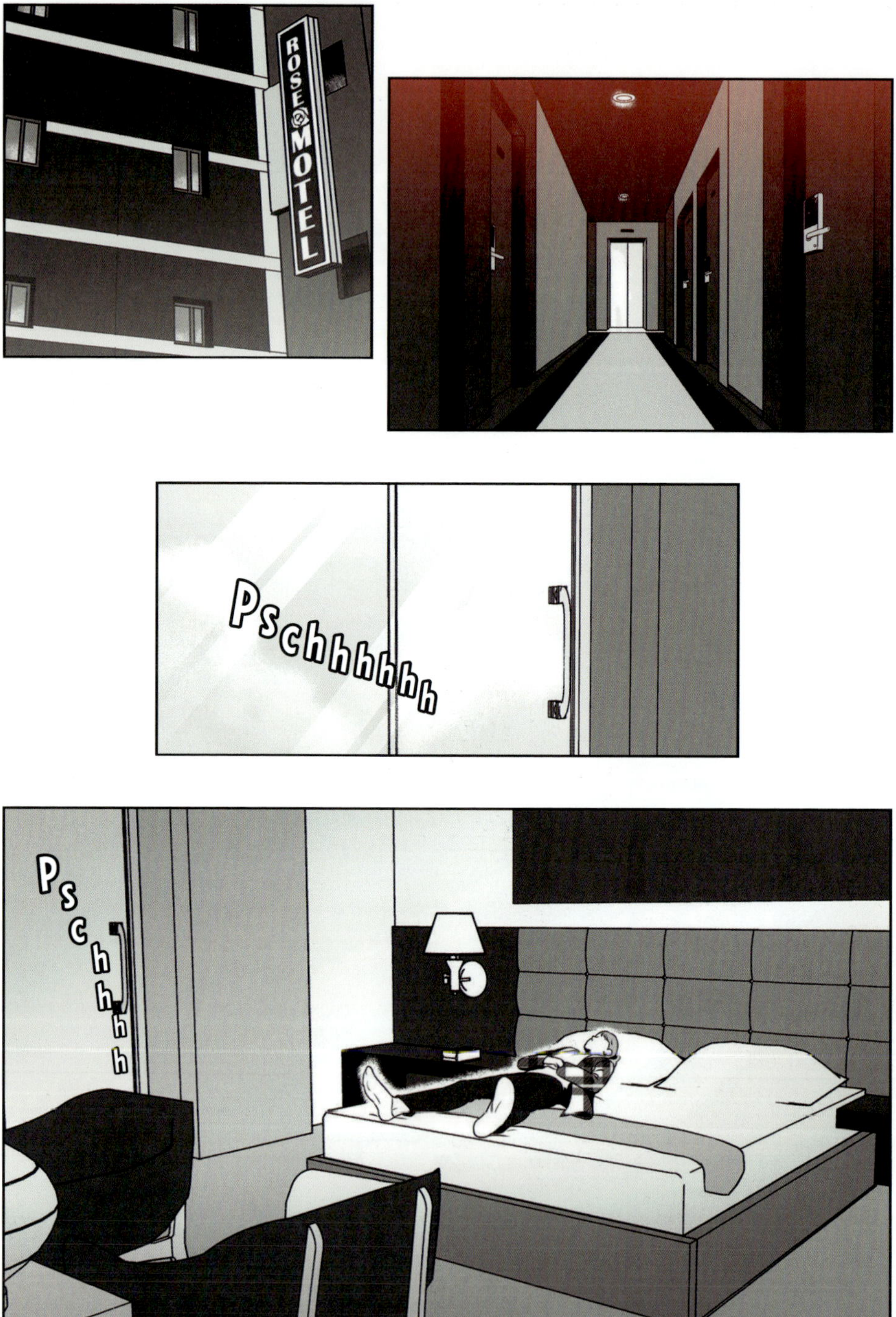
ROSE MOTEL
Pschhhhhh
Pschhhh

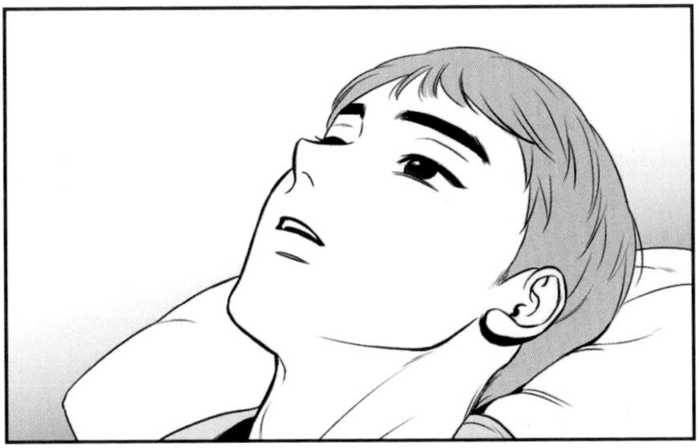

Pschhhh

Was mache ich hier gerade ...?

Ugh, tut mir mein Kopf weh ...
Wapp

Tapp

Du bist wach.
Dampf ♡
Dampf ♡

Woooooow!
Bubumm
Fwuaah
Bumm
Bubumm
Rubbel
Und? Wieder nüchtern?
Rubbel
Nüchtern ...?
Ah!

Ach, stimmt ja. Das ...
Ugh
Falls du einwilligst, trink das.
Wenn nicht, dann nicht.

Wie sieht's aus?
Wenn ich das trinke ... dann werden wir ... Fuckbuddys ...
...
Ssp

Klank
Hmpf
...!!
Gwapp

Wer würde sich so eine Gele-genheit entgehen lassen?!
Gluck
Gluck
Gluck
Schreck
!!

Bist du irre? Der ist voll stark!
Der hat über 40 Prozent!
Ich hab's verstanden, hör schon auf!
Gluck
Gluck
Gluck
Jetz bissu mein Fuckbuddy! Wir machens gleich, odda?
Sternhagelvoll
Ugh!
...
Schnell ab ins Bettcheeeen!
...
Taumel
...
Uuuh
...

Blinzel
Wo bin ich hier ...?
Grooh
Warum habe ich das gemacht?
Dröpp
Du hast fast 'ne halbe Stunde geschlafen ...

Geh jetzt
duschen.

Was?!
Du hast doch
gemeint, wir sollen
es gleich machen.

Fwuaah
Ah, ähm ... Das ...
Ist das nicht etwas plötz...lich ...?
Tropf

Was?
Jetzt ziehst du den Schwanz ein?
War das vorhin mit dem Kaoliang nur Show, oder was?

Swusch
N... Niemals! Ich geh mich schon frisch machen!

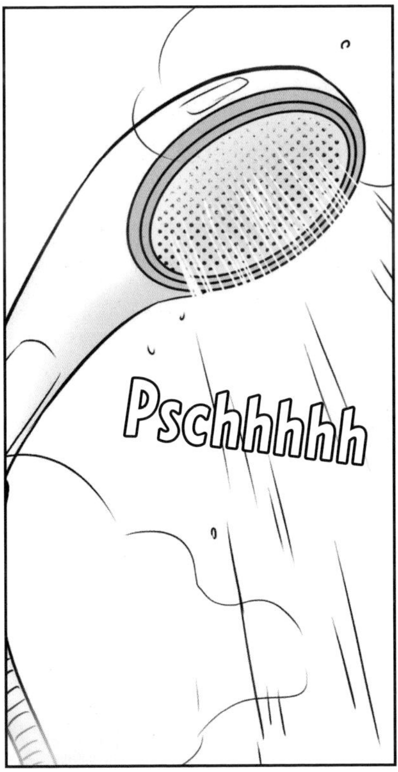
Pschhhhh

Passiert das etwa wirklich?
Pschhhh
Bubumm
Bumm
Oder träume ich?

Bumm
Bubumm
Zöger
Bumm
Bubumm
Bumm

Komm her.

Erzähl niemandem davon, was wir hier machen.
Sobald jemand davon Wind bekommt, ist es vorbei.
Und erwarte nicht, dass ich besonders nett zu dir bin.
Okay.
Gwapp
Uwah!
Swpp

Los, blas mir einen.
Swpp
!!!

Du, d... das ...
Okay ...

Nimm ihn einfach in den Mund und stell dir vor, du würdest ein Eis lecken.
Swt
Uh, Moment ...
Grapp
Zuck
Slp
Unf!
Versuch es.

Mein Kiefer tut weh ...
Mh
Ngh
Sllk
Slp

Argh ... Du bist furchtbar schlecht darin.

Wupp
Zuck
Wramm
Slp
Mmmpf!

Gngh
Mmpf
Tschlp
Slp
Slk
Ungh
Zuck
Tschlp
Ngh
Tschlp
Tschlp
Gwit
Gnngh
Flpp
Puaaah!
Tropf

Öhö Öhö
Hurgh
Öhö

Sieh mal einer an!
Grins

Du hast mir doch bloß einen geblasen!
Tapp
...!
Fwpp
Dass du davon schon fast kommst ...
Stehst du etwa auf so was?
Swpp
Swpp
Fwpp
Tropf
Nnh

Du kleiner Perversling.
Fwuaah
...
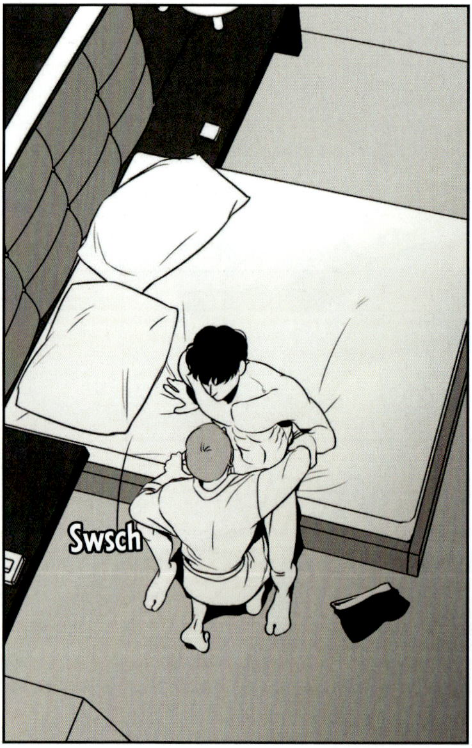
Swsch
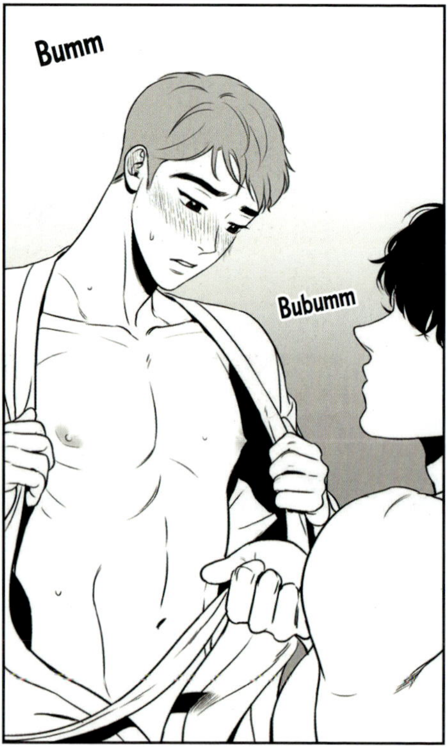
Bumm
Bubumm

Bubumm
Bumm
Ritsch
Du hast dich hinten gewaschen, oder?
Ah, ja ...
Flpp

Jetzt werden Alex und ich ...
Bumm
Bubumm
Bumm
Gwwt
Bumm
Ah, w... warte!
Schock

Gwwp
Zuck
Haah!
Gwit

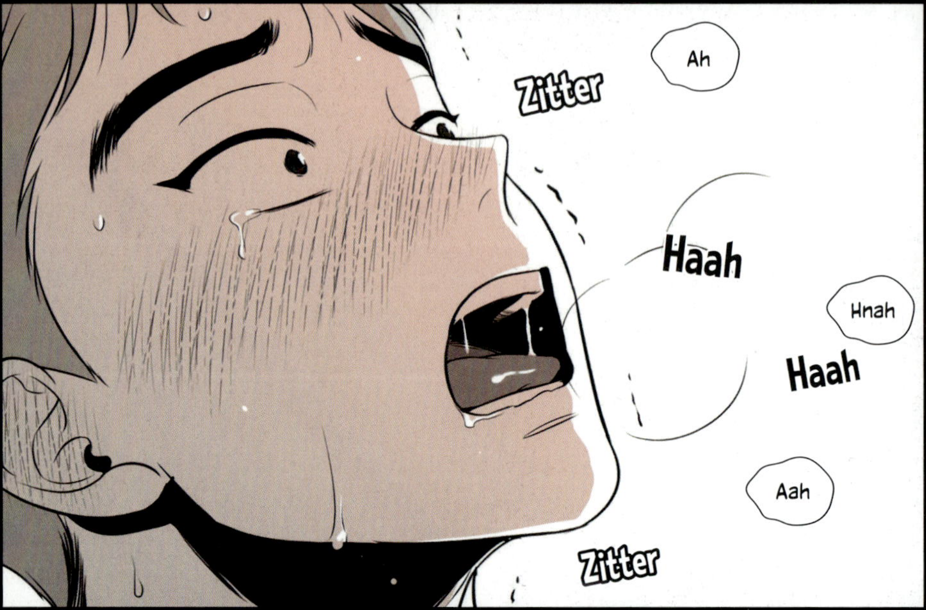
Zitter
Ah
Haah
Hnah
Haah
Aah
Zitter

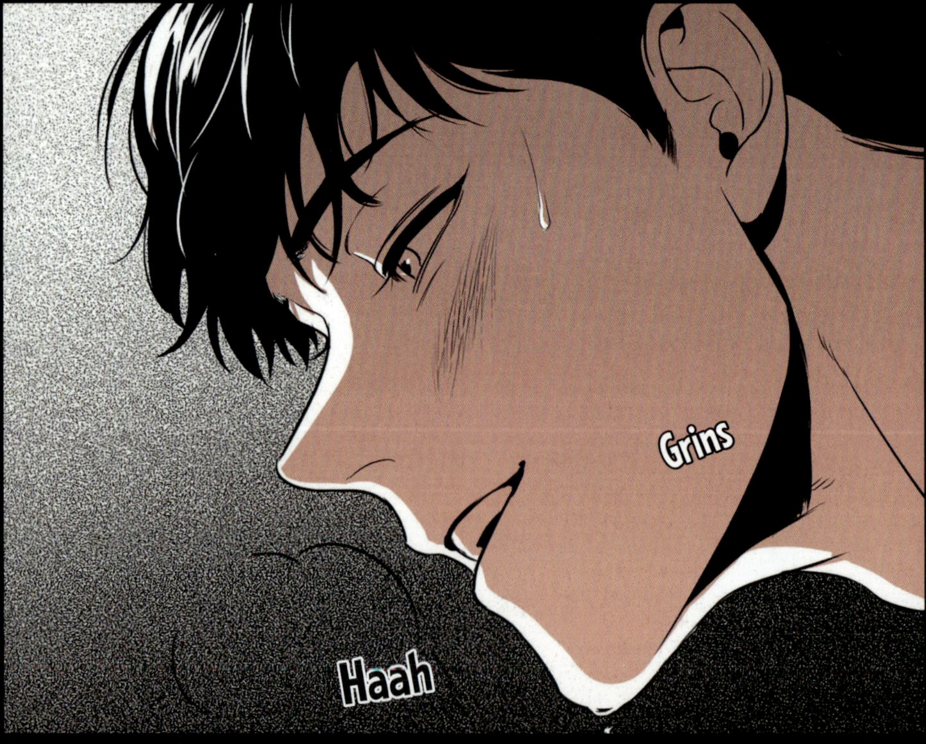
Grins
Haah

EPISODE

10

BJ ALEX

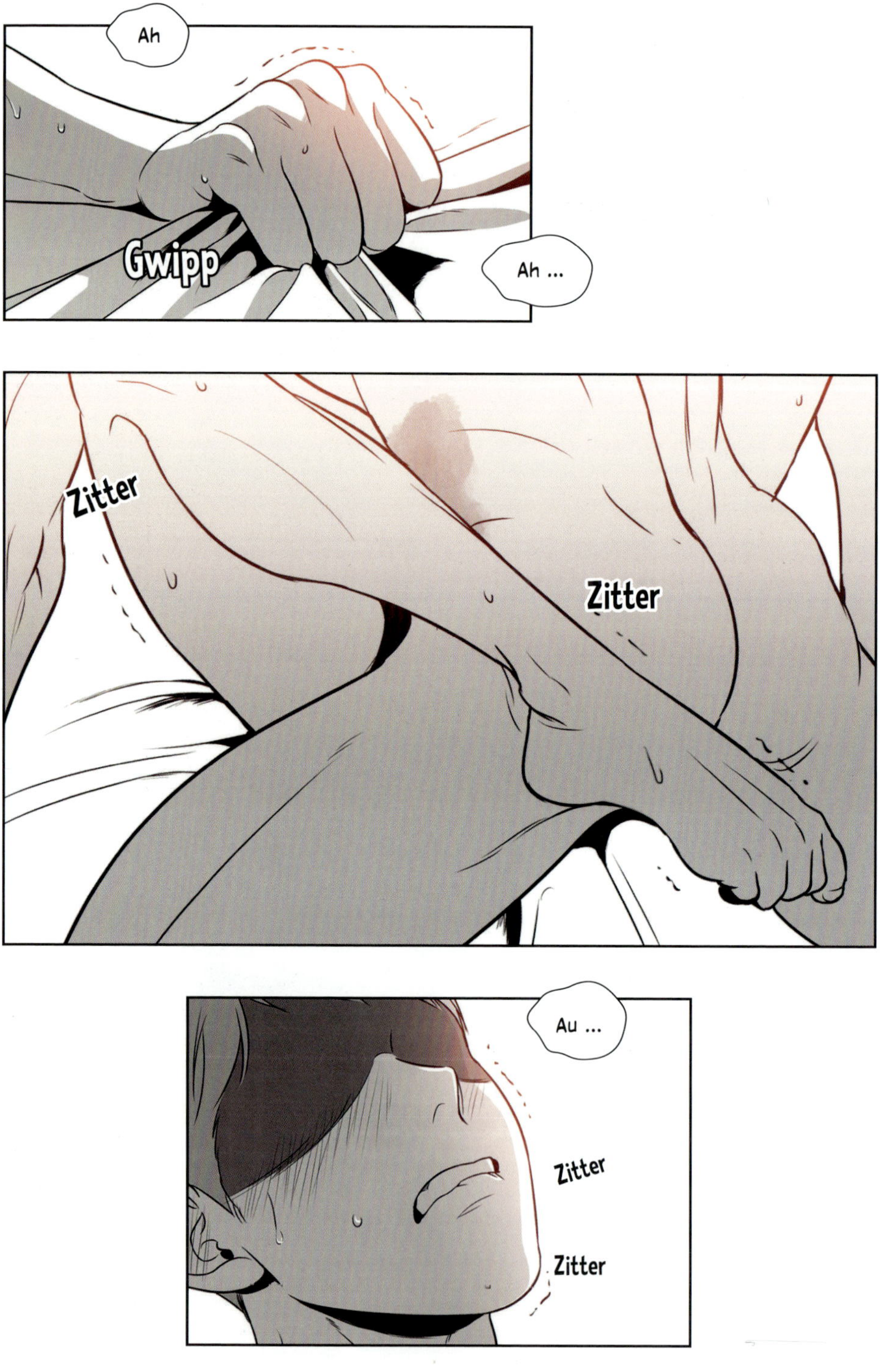
Ah
Gwipp
Ah ...
Zitter
Zitter
Au ...
Zitter
Zitter

Das tut weh!!
Das tut weh!!
Wumm
Bwapp
!!!

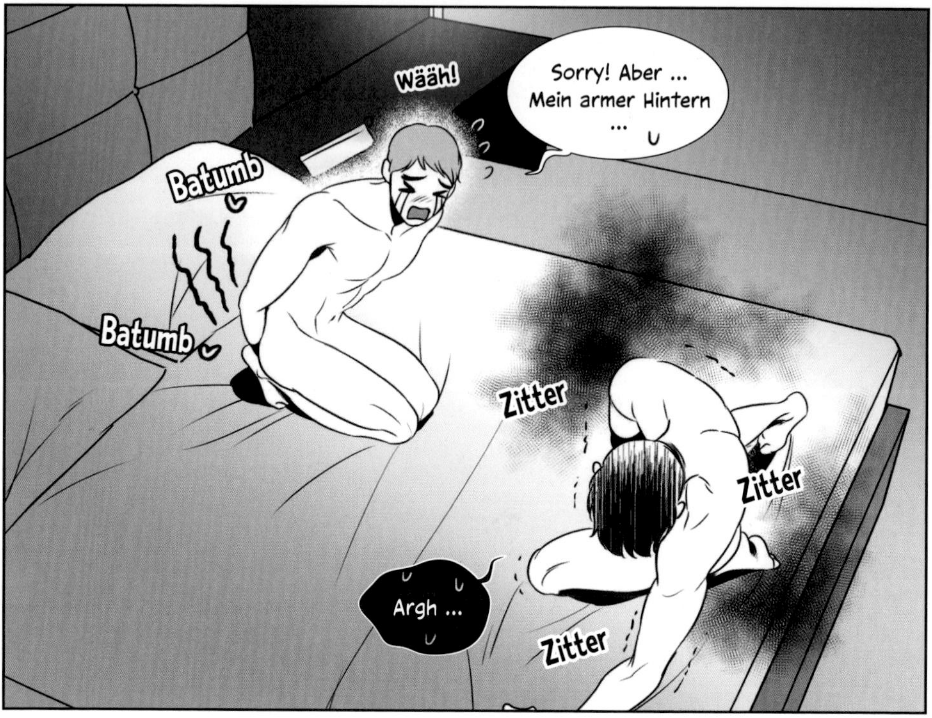
Wääh!
Sorry! Aber ... Mein armer Hintern ...
Batumb
Batumb
Zitter
Zitter
Argh ...
Zitter

Ey! Und deswegen kickst du mich einfach so weg?!
Ich dachte, du hättest dich vorbereitet!

Es tut mir echt leid. Ich hätte nicht gedacht, dass das so schlimm sein würde.
Aua! Was machen wir jetzt nur?

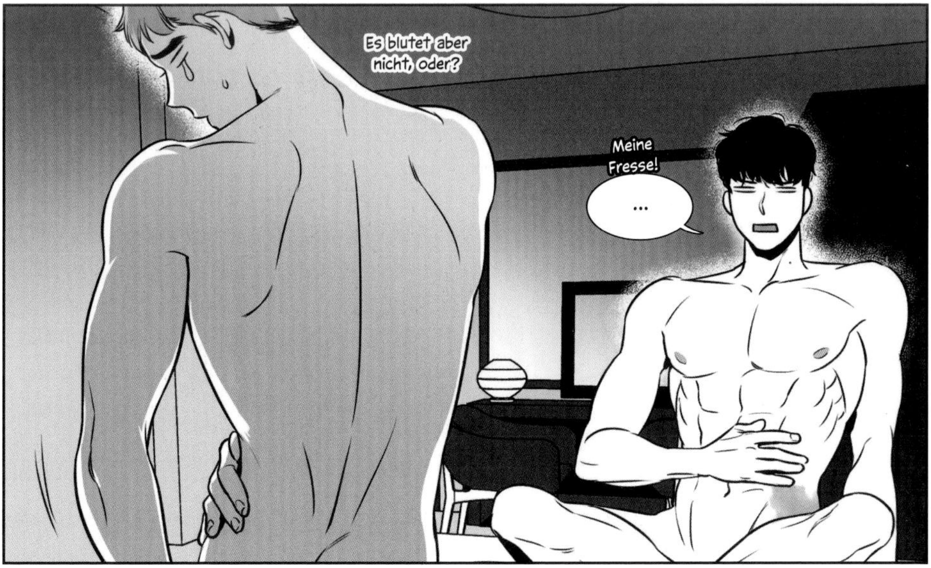
Es blutet aber nicht, oder?
Meine Fresse!
...

Urgh! Deshalb mach ich's nicht gern mit Jung-frauen ...
Tsk

Das erste Mal ...

...won.
Haah
... Jiwon.
Haah
Nur die Ruhe ...
Haah
Haah
Swt
Kannst du nicht etwas zärtlicher sein?

Haah
Haah
Ich weiß, dass du aufgeregt bist, weil es dein erstes Mal ist, aber sei doch etwas vorsichtiger.

Hey, gib mir das vom Nachttisch.

Ssk
LOVE GEL

...?
Ich helfe dir, damit es nicht mehr wehtut.
Dreh dich mal um.
Wupp
Uwah!

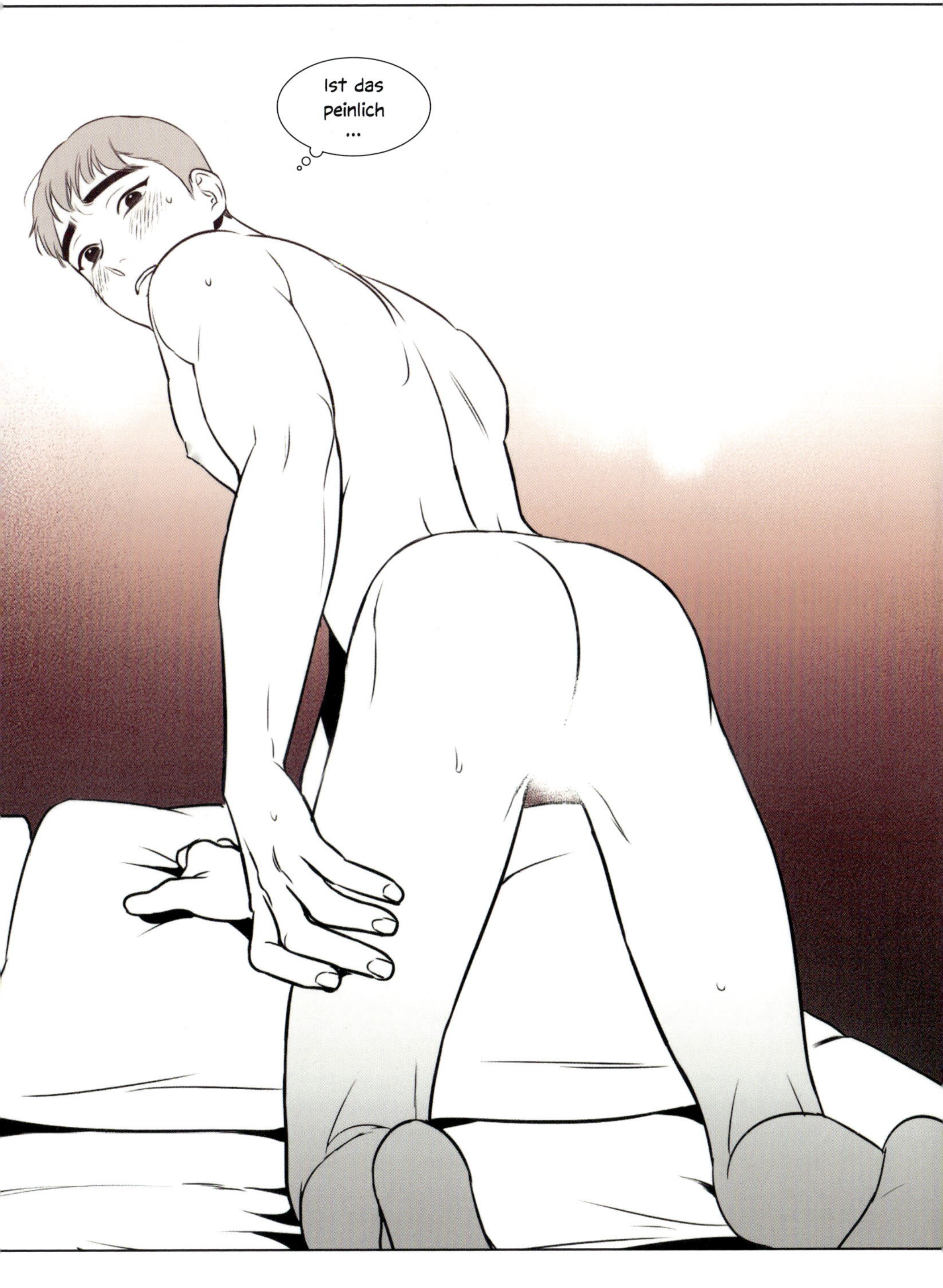
Ist das peinlich ...

Tropf
Zuck
Hnah!
Slp
Schwp
Hmpf!
Zuck

Hah!
Ngh ...
Gwpp
Swp
Swp
Gwpp

Zitter
Ah!
Das fühlt sich ...
Zitter
Haah
Gwit
Ngh!

Wie fühlt es sich an? Gut?
Nein, das ...
Ugh!
Tschlk
Zuck
Slp
Slp
Tschlk
Zuck
Haaah!
Ich nehme noch einen dazu.
Gwpp
Slp
Zuck
Uwah!

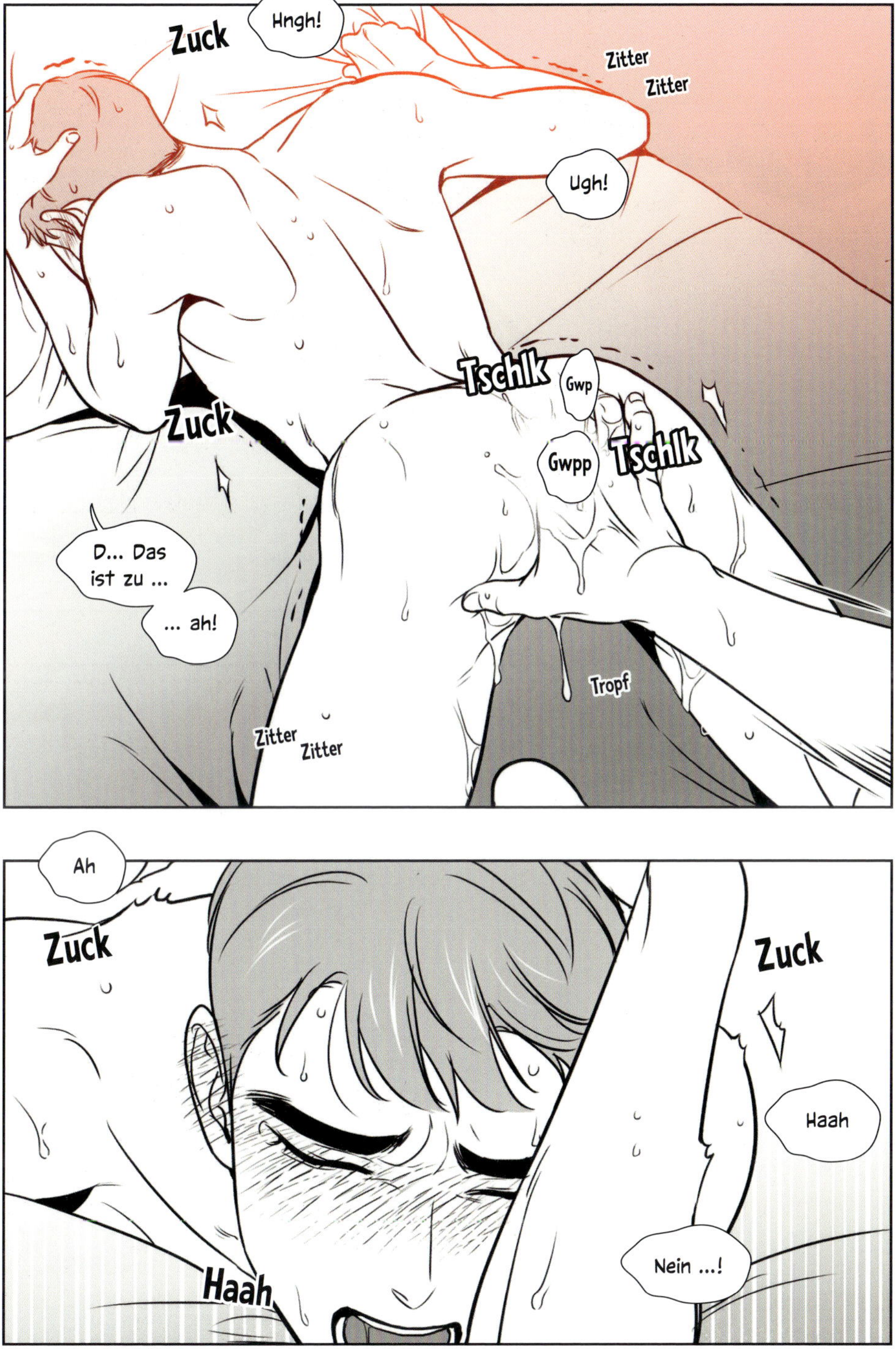
Zuck
Hngh!
Zitter
Zitter
Ugh!
Tschlk
Gwp
Zuck
Gwpp
Tschlk
D... Das ist zu ...
... ah!
Tropf
Zitter
Zitter
Ah
Zuck
Zuck
Haah
Nein ...!
Haah

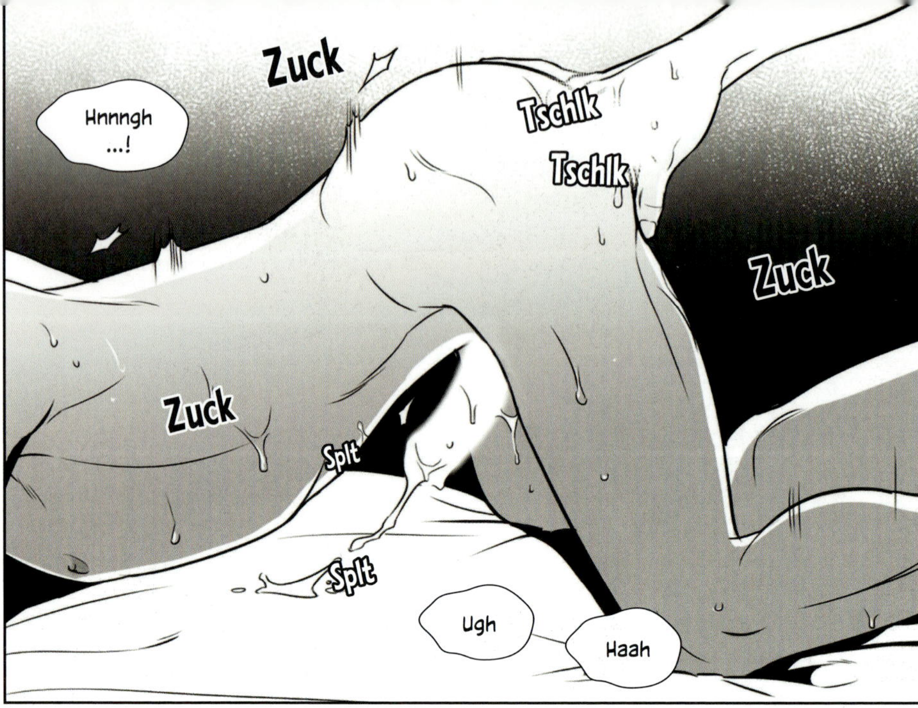
Zuck
Hnnngh ...!
Tschlk
Tschlk
Zuck
Zuck
Splt
Splt
Ugh
Haah

...
Es ist dein erstes Mal und ich habe nur meine Finger benutzt.
Haah
Haah
Haah

Grins
Glp
Was für ein unanständiger Arsch.
Haah
Gwit
Haah
Ungh …
Haah
Slp
Slk

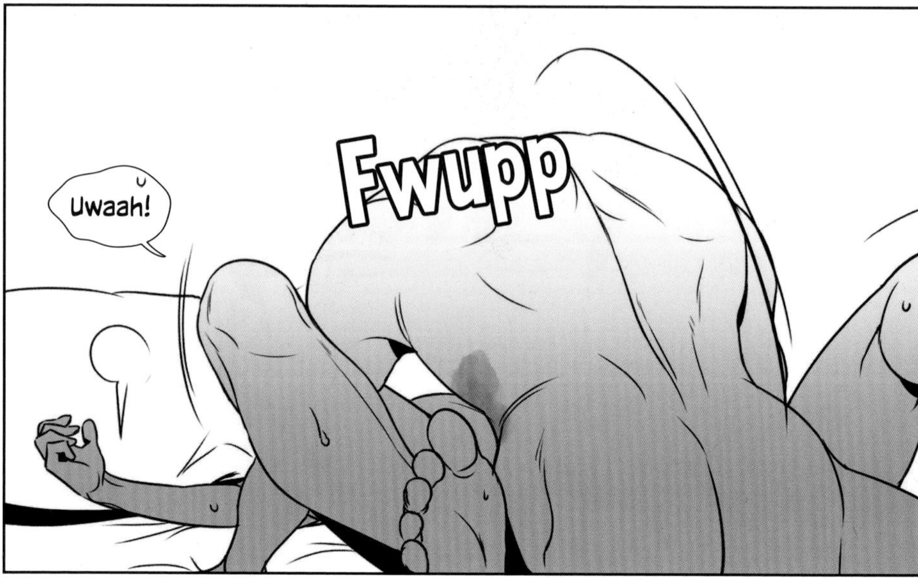
Uwaah!
Fwupp

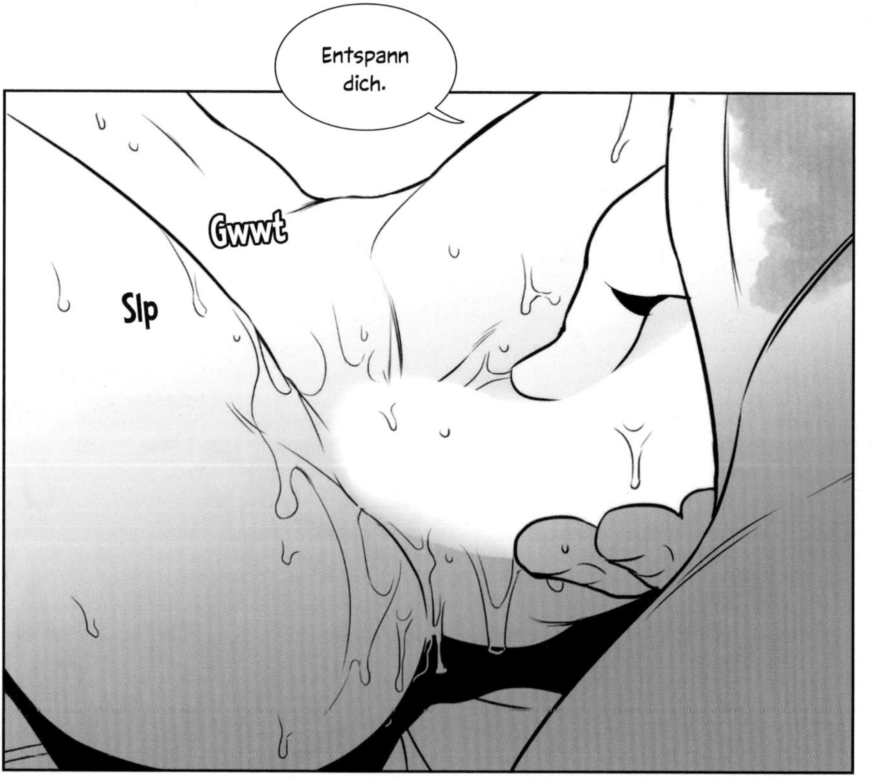
Entspann dich.
Gwwt
Slp

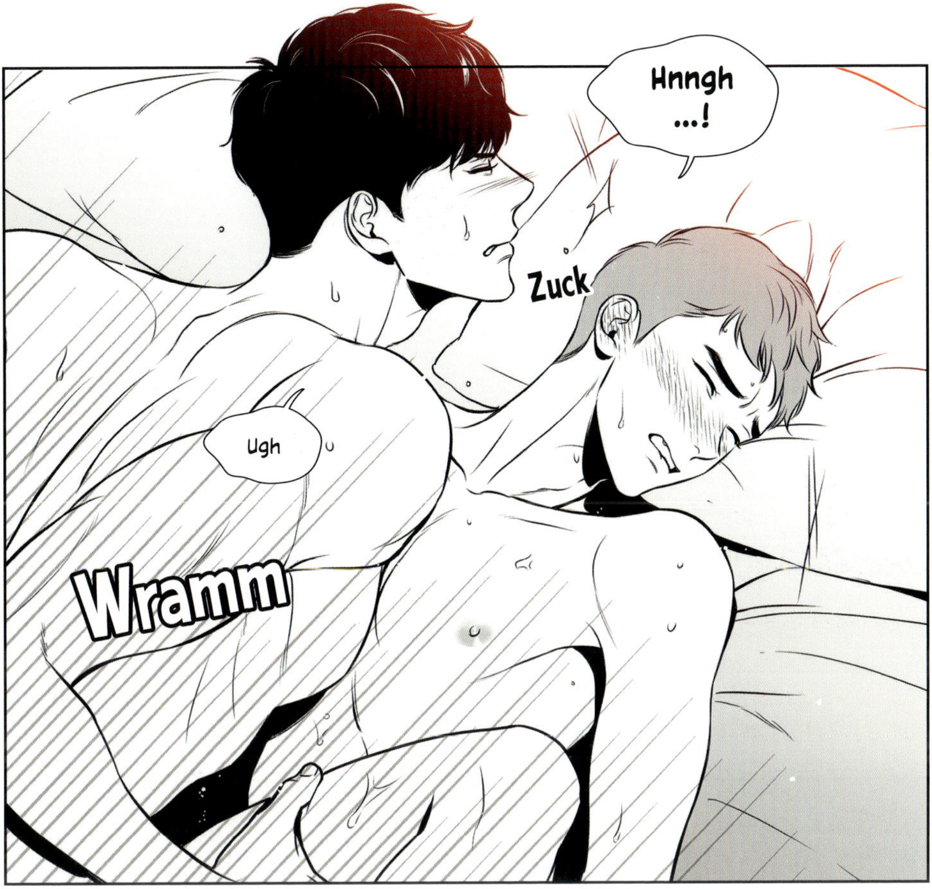
Hnngh ...!
Zuck
Ugh
Wramm

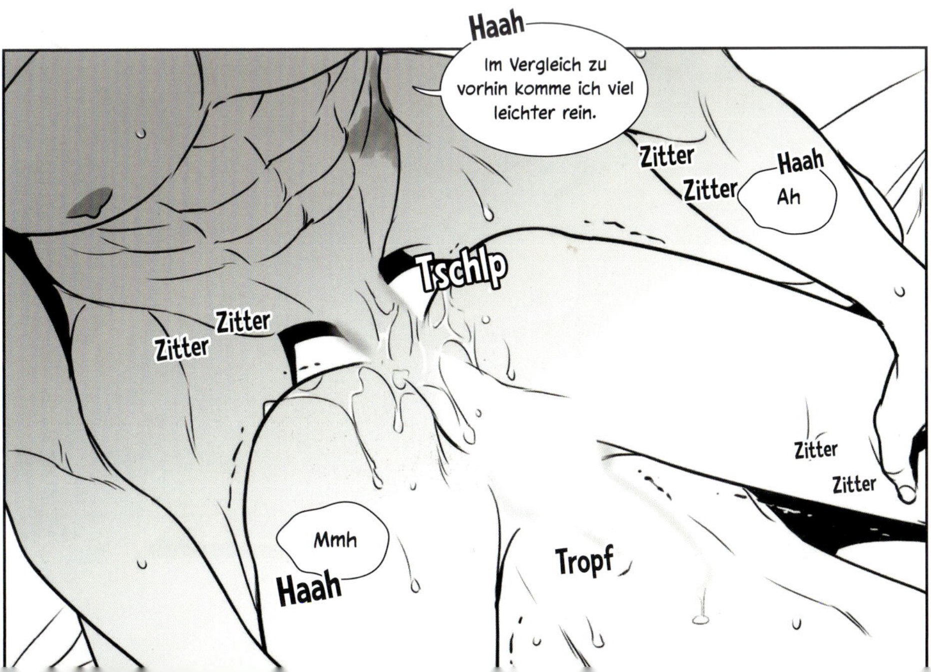
Haah
Im Vergleich zu vorhin komme ich viel leichter rein.
Zitter
Zitter
Haah
Ah
Tschlp
Zitter
Zitter
Zitter
Zitter
Mmh
Haah
Tropf

Haah
Ich fange an.
Haah
Nein, nicht.
W... Warte.

Ne...
Hnah!
Zuck
Wramm
...!!

Haah
Ah ...
Ngh!
Zuck
Ah!
Haah
Tschk
Zuck
Tschlk
Ngh ...!
Slt
Slt
Tschk
Mmpf
Das f...
fühlt sich ...
Swp
Trän
Haah
Haah
... komisch a... an.
Swp

Was?
Tschlk
Tschlk
Hm? Du meinst wohl eher, richtig geil!
Tschupp
Tschupp
Slk
Slk
Tschlk
Hnaaah!
Zuck
Zuck
Ngh!
Ah!

Haah
I... Ich ...
... g... glaube, ich k... komme.
Zitter
Zitter
Tschlk
Zuck
Zitter
Zitter
Haah
Zuck
Hngh
Ah!
Fuck ...
Haah
Ich glaube, ich auch.
Gwit
Zitter
Tschlk
Zitter
Tschlk
Ah!
Sto...
Argh!
Tschupp
Tschlk
Tschlk
Slk
Slk
Tschupp
D... Das ist z...
Haah!

Ah, aah ...
Haaaaahh!
Zuck
Spllt

Haah
Haah
Haah
Haah
Danach haben wir es wieder und wieder gemacht ...
... aber ab irgendeinem Punkt kann ich mich an nichts erinnern.

Als ich aufwachte, war Jiwon schon gegangen.
Starr
...

altraverse

Deutsche Ausgabe / German Edition
Altraverse GmbH – Hamburg 2022
Aus dem Koreanischen von Miriam Holz

Writer/Artist Mingwa
Producer Kim, Yuni

Licensed by Lezhin Entertainment, Inc.

Redaktion: Anne Faltin
Herstellung: Madlyn Weyhe
Lettering: Vibrant Publishing Studio

Druck: Silber Druck oHG
Printed in Germany

MIX
Papier
FSC FSC® C083411

ISBN: 978-3-7539-0271-5
1. Auflage 2022

www.altraverse.de